XINGZOU RENJIAN

张宇瑾◎著

行走人间

北方文艺出版社
·哈尔滨·

图书在版编目（CIP）数据

行走人间 / 张宇瑾著. -- 哈尔滨 : 北方文艺出版社, 2022.9

ISBN 978-7-5317-5654-5

Ⅰ. ①行… Ⅱ. ①张… Ⅲ. ①长篇小说 – 中国 – 当代
Ⅳ. ①I247.5

中国版本图书馆CIP数据核字(2022)第110417号

行 走 人 间

XINGZOU RENJIAN

作　　者 / 张宇瑾

责任编辑 / 富翔强

装帧设计 / 树上微出版

出版发行 / 北方文艺出版社

发行电话 / (0451) 86825533

地　　址 / 哈尔滨市南岗区宣庆小区 1 号楼

邮　　编 / 150008

经　　销 / 新华书店

网　　址 / www.bfwy.com

印　　刷 /武汉市籍缘印刷厂

字　　数 / 115千

版　　次 / 2022年9月第1版

开　　本 / 880 × 1230　1/32

印　　张 / 7

印　　次 / 2022年9月第1次印刷

书　　号 / ISBN 978-7-5317-5654-5

定　　价 / 68.00元

前言

QIANYAN

哲学家弗里德里希·威廉·尼采在著作《善恶的彼岸》中这样写道：与恶龙缠斗过久，自身亦成为恶龙；凝视深渊过久，深渊将回以凝视。这句话的大概意思是说：如果总是过多地喜欢与黑暗的深渊较劲，那么深渊也总是会对你纠缠不清。这就好比，有人冷落你，你也故意用冷落回敬，有人看不起你，你也轻蔑地鄙视他，渐渐地，你会发现：你讨厌的人，总能轻易地就把你变成你讨厌的那个样子。都说人性是复杂的，明明心向美好，可做起事来，还是令人无比生厌，这是为什么呢？其实，这只能说明每个人都是很难简单地去找到或者轻易地看清楚自己内心真正的选择。很多时候，往往都是“时穷节乃见”！

我和我的朋友们更多地愿意去相信我国晋朝文学家和哲学家傅玄在《太子少傅箴》中的一句话。他这样写道：“故近朱者赤，近墨者黑；声和则响清，形正则影直。”大概意思是说，一个人生活在好的环境里就会受到好的影响

◇◇◇

多一些，生活在坏的环境里就会受到坏的影响多一些，这句话强调了环境对人的影响。

在我看来，人生路上遇到的“深渊”即是人们因为缺失精神层面的“更高价值”追求而形成的空洞。这种在精神层面没有“更高价值”追求感的人，他们“空洞”般的空虚感就会越大，内心缺乏信仰的人则更加容易受到不良的影响。其实“深渊”一直都在凝视着我们每一个人，只是我们没有哲学家那般深邃而敏锐的洞察力与远见，往往看不见它的存在而已。伴随着业余时间参与社会志愿公益服务次数的增多，逐渐地，我从中领悟到，健康的精神需求就是爱与信赖！这种发现令我惊喜不已。

平日里的我对天文知识也颇感兴趣，于是，我灵感一闪，尝试着把这些兴趣特长都结合起来，去构思、创作一部小说。内容就描写都市白领，小说情节是对我平日积累出来的素材进行二次升华与提炼，目的是用自己多彩的社

◇◇◇

会实践经验和丰富的想象力来搭建整个故事结构与脉络，去弘扬主旋律，宣扬正能量；同时，又能适当地加入我擅长的科幻题材，使其成为一部好看且兼具艺术性的小说作品。

于是，经过近两年的酝酿，《行走人间》这部小说的特色终于让我创作得如此鲜活，且其文学生命力竟有这般的神奇！这种充满戏剧性和命运攸关的故事情节在当初构思时就十分难得，我把它称之为灵感时刻。它不是盲目的，不是随意的，更加不是无关紧要的；相反，这些巧妙的情节就来源于我多年工作、学习，以及参加公益活动、做志愿者服务。我相信群星里的人类闪耀时，必然都会经历一段漫长的岁月，就像我笔下的人物，他们心路历程的成长，在起承转合间，都宛若浩瀚星辰，散发着光辉。

上海又称“魔都”，这个称谓倒是给这个城市带上了几分语焉不详的奇幻色彩。“魔都”这个词来源于日本作

◇◇◇

家村松梢风1920年代在上海之行后的作品集，最后成为今天对上海最流行的别称，没有之一。在这里，不论是现代化的超高层建筑，还是错落有致的花园洋房和石库门弄堂深巷，抑或是不夜城里五光十色的霓虹灯，它们都展示着一种独有的城市魅力！现如今，中外文化在这里融合，历史与现代在这里交织。不论是谁，总可以在这个城市的某个角落里找到留恋的地方。海纳百川的“魔都”啊，这里每天发生着各种新鲜事儿，机遇与梦想共存，奇闻与趣谈兼容。

白玉兰花语是：纯洁的爱，真挚的情，高贵出尘的心！它能代表真挚的爱情，也能代表纯洁的友谊，还可以象征着开路先锋，奋发向上的精神！这清新自然，物美价廉的白玉兰正是“魔都”上海的城市之花。坊间有传：每一位闻到白玉兰花淡淡幽香的人都会有幸运降临，也都会与美好相伴一生！

我们的故事就从这里开始……

目 MULU 录

第一章
垃圾分类　偶遇相识

城里来了一只披着深蓝色斗篷衣的犬，它漫步在街上。为何出现在这里？连它自己也想不起来了。到底是自己走失了？是被犬主人遗弃了？还是自己逃出来的？它全都无法解释。都说每个女孩衣橱里总会缺少一件衣服，兴许每只犬的记忆深处也总会有死活都想不起来的一些事情吧。不管怎样，身上的深蓝色斗篷衣，总让它看起来很特别，就像蓝色银河一样深邃而神秘。在犬的世界里突然来了一只另类，它是绅士吗？还是勇士？说不上来，或许又都不像吧，更多时候在别人的眼中它倒是更像一只一直蹲守在垃圾场的流浪犬，一副邋遢的样子！

眼前的这座城市对于这只斗篷犬而言，只有“陌生”两字。但它心生好奇。路旁百货商店玻璃橱窗映出了它的身形模样：中等身材，身躯接近正方形。头部前额覆盖着大量的皱纹，小眼睛的颜色很深，成杏仁状，貌似总是一副愁眉不展的表情，耳朵极小且较厚，大约为等边三角形，耳朵边缘卷曲，嘴宽厚而丰满，鼻翼大而阔，颜色较深，湿湿的鼻子下面有一张大嘴巴，牙齿结实，呈剪刀状咬合，颈部的褶皱较多，皮肤较为松弛，有赘肉。

面对着自己的这样一副面容，斗篷犬不禁自问：我是谁？我从哪里来？我要往哪里去？原来困扰人类一生的哲学问题，也同样会困扰一个动物犬的大脑仁儿呀！想到这儿，斗篷犬歪斜着脑袋，想笑出声。这一龇牙咧嘴可就离可爱八丈远啦，皱在一起的皮被挤得更加变形，分明显得一脸凶相！它扭头瞥见一旁的树枝上蹲站着一只小鹦鹉。那小模样骄傲得很，小鹦鹉正合着翅膀，闭眼打盹儿呢。

“嗬，这样都能睡着？！这小鹦鹉如同脚踩钢丝，却还能睡着？！它就不怕梦游掉下来吗？”斗篷犬想着，计上心来：它要好好捉弄一下这只贪睡的小鹦鹉。

于是，斗篷犬悄无声息地伸长脖颈，把头探了过去，瞪着两只眼睛靠近小鹦鹉的身体，它似乎是想要仔细看个究竟呢。这时候，也不知道是怎么了，熟睡的小鹦鹉突然醒来，它蒙眬间一抬眼就立刻被惊吓到了。于是，连忙神经紧张地叽叽喳喳乱叫了好几声，慌乱之下拍打着翅膀，眼瞅着，自己脚爪没站稳，一下从树枝上掉落下来，一屁股坐在了地上，模样灰头土脸，难看极了。斗篷犬看着小鹦鹉此番十分滑稽、狼狈的模样，不禁被逗乐了，龇牙咧嘴的一脸横肉就显得更加不怀好意了。

小鹦鹉抖抖头上的土灰，麻溜儿地站起来，只见它收紧了每根羽毛，两只翅膀卷成了拳头状，夹在身体两侧，它翘起胖鼓鼓的小肚皮，昂着小脑袋，气呼呼地说："喂，你笑什么！太可怕了，一张臭狗脸像恐怖片儿！刚才就是你，故意距离我那么近，吓唬我，是吧。可恶！不懂礼貌的沙皮狗！我才不跟你计较！幼稚！"说完，小鹦鹉赶忙拍打着翅膀，飞到半空中，它想远远地躲开斗篷犬。

此时的斗篷犬，并未在意。在它看来，这片土地上的一切都是那么的新鲜与有趣！

那是在做什么？斗篷犬突然间注意到，街对面小区门口有很多人在排队，他们手里拎着好些个袋子，这令斗篷犬颇感好奇。于是，它也想自己跟过去看一下。路旁的其他流浪犬都冲它汪汪叫。

"别过去！离人类远一点儿！有些人是会伤害我们的！"一只老犬跛着一条腿，着急地低吼一句。

"喂，不识相的沙皮狗！那只犬老爷走过的地方比半个地球都多，他说的是对的！你虽然长相挫了些，刚才又故意冒犯于我，本不关我事，但不知者不怪！可别说我没有提醒过你啊，你可不要不知好歹呢，快回来！”小鹦鹉盘旋在半空中，劝说着斗篷犬，不忍心离去。

斗篷犬停下脚步，扭过头来，看了看这几只躲在街边角落里的流浪犬，又瞥了一眼飞在头上的小鹦鹉，它知道这些动物们天生就是朋友，这些话语也都是善意的提醒啊！斗篷犬转头，望着街对面长长的队伍、直立行走的人们，心想，好生熟悉的姿态与气息！也许自己真如这些流浪犬猜测的那样：我本就是一只宠物犬吧！要不然为何只有我会穿这件小衣服呢？想到这些，斗篷犬一改孤立冷淡、骄傲安静的站姿，它继续向前迈开腿，朝人群那边走去。

莫名的熟悉感令它无法克制，也吸引着它前往。队伍很长，斗篷犬走到队伍后面停了下来，它隔着人群向前张望，看到最前面的地面上并排放置着四个颜色各异的大桶。桶上分别印刷着文字，蓝色桶写着可回收垃圾；红色桶写着有毒有害垃圾；绿色桶写着厨余垃圾；灰色桶写着干垃圾及其他垃圾。

原来，这些人傍晚出门排队是在倒垃圾，现在实施垃圾分类管理了呀！斗篷犬恍然大悟，也猛然发觉自己原来不仅会母语（就是犬类语言）；懂鸟语；居然还能精通所到之处人类的语言文字！这简直就是学霸级别的学习力呀！如此才华横溢的犬竟然就是想不起来自己是谁？为何身处这里？这也太不可思议了吧。斗篷犬忽然意识到，掌握这些技能的自己应该绝非属于“简单之辈”！可是它并未多想下去，因为在自己不经意抬头之时，眼神对视上了身旁正在侧目凝望的一个女孩。一瞬间，那女孩儿笑了，她的两片薄薄的嘴唇在微笑，她那长长的眼睛在微笑，就连脸颊浅浅的小酒窝也在微笑。傍晚霞光里，微风拂过，刘海儿轻扬，这也太美丽动人了！

那一刻，斗篷犬被女孩的微笑深深吸引，心想，这多像天使在降临！“天使”，我怎么会想到用“天使”这个词？貌似这个词语曾经和自己有着莫名的熟悉感呢。看着，看着……忽然，有一种黏稠的液体竟然顺着斗篷犬的嘴角不自觉地滴了下来……

“哎呀！这么丑的狗居然还流口水，它还排队倒垃圾，怎么没见这狗的主人呢？”队伍里有人很嫌弃地说道。

“估计是被它主人当垃圾给丢弃了吧，这小东西，看上去也蛮可怜的。”马上，又有人随口接了一句。

大家都注意到了这只斗篷犬的存在。队伍里有的人嫌弃狗脏，站得离它远远儿的，动作明显不太友善，恨不得能用自己犀利的眼神发射出两道光电，再踹上两脚，让它滚开些；有的人可怜巴巴地望它一眼，似乎在说，你的难处我都懂！可是，我也只是一个出来倒垃圾的，在家没啥地位的人儿。别的事儿我也没法儿做主，所以也只能是爱莫能助，你还是自求多福吧；还有的人一副漠不关心的样子，似乎在他们的眼里，无所谓的恐怕不只是这只犬，还有眼前走来晃去的其他人吧，他们嚷嚷道:“哎呀，甭管它，反正我们赶紧倒完垃圾，各自回家！”

但女孩和这些人的做法不一样，倒完垃圾后，用附近门口的自来水把手清洗干净之后，她走进便利店买东西。然后，见她从便利店出来，招呼斗篷犬走到垃圾桶边上。

她是在招呼我吗？斗篷犬心怀戒备地走过去。在距离不远处，就停了下来，一动不动，十分警惕地看着女孩。

“小沙皮，你该不会也是出来倒垃圾的吧？估计你是饿坏了呢，现在做，总好过什么都不做，我把好吃的放在这里，你吃完就走吧。”说罢，女孩从口袋里掏出了一些牛肉粒，放在离斗篷犬不远的地面上。“我走了。知道你听不懂，但还是想和你告别呢，再见，小沙皮！”

女孩温柔的话语就像是清泉甘露似的，一下子让斗篷犬放下了戒备。只见它快步走上去，低头闻了闻女孩在离开之前，留在地面上的牛肉粒，真是太香了！好像是前世吃过好多遍的美味！很快，牛肉粒就都被吃光了。咦？那是什么？此时的斗篷犬，发现地面上有一个可以用来扎头发、星星图案的发带。于是，它用鼻子凑上去嗅了嗅，淡淡的幽香。原来发带上沾有那个女孩的气味！于是，斗篷犬断定是那个女孩掉落的！它回想刚才女孩从口袋里掏牛肉粒的情景。

夜晚，环卫工人把小区里的四个垃圾桶收齐抬走了，斗篷犬趴在女孩掉落发带的地方，一动不动地等待着。不知道过了多久，它竟然瞌睡起来，没等到女孩来寻遗失的发带。深夜，天空下起大雨，斗篷犬蜷缩在斗篷衣之下，它知道这身衣服会保护它周全，尽管现在的它还未完全了解这身衣服的神奇。为了护住发带，斗篷犬还是一动不动地待在原地，任凭雨声、风声和脚步声，声声拂过耳畔。

第二天清晨来临，天空放晴，小区地面还是有些雨后的潮湿。一只犬的脑袋从斗篷衣里缓缓伸出来，正要张望，刹那间，头顶斗篷上的几滴水珠刚好滑落下来，有一滴水珠正好落在鼻尖，水珠的清凉让斗篷犬瞬间来了精神。这时，它看见远远的、一个熟悉的身影走了过来。是她！那个女孩！于是，斗篷犬一个机灵站了起来，望着她。

“咦？小沙皮，你今天这么早就来了？”女孩认出了斗篷犬，和它打招呼。看着斗篷犬身下的地面完全没有雨水的痕迹，女孩大胆猜测：“小沙皮，你该不会是一直没走就留在这里，待了整整一夜吧？！”

斗篷犬听懂了，想说“是的”，结果却发现自己发出的声音只是“汪汪”的两声吠叫，好生尴尬！

女孩注意到地面上的发带，认出这就是自己遗失的那条。她马上明白了这只斗篷犬蹲守不离去的原因了。于是，女孩捡起那根发带，掸掸上面的灰尘，轻柔地说：“小沙皮，这个就作为我感谢你的小礼物吧。”说罢，就把星星图案的发带和斗篷衣系在了一起。

说来也奇妙，这次斗篷犬并没有抗拒，要是换作以前，不论是谁，只要试图接近它的人，斗篷犬都会在第一时间表现出威严的王者之气，狂吠不止。它会故作张嘴要咬状，做出一副吓死人不偿命、“魔兽”般的恐怖模样。可是这次，它只是安静地站立在原地，任凭女孩为自己系上那根发带。晨风里，刘海儿与飘带都在轻盈地飘荡着，像极了飞舞着的花朵。

“你好，很开心认识你，小沙皮。我叫风景，你，不如，从今天起，就叫风小星，小星星的星！”女孩郑重其事地向着天空说道。

或许茫茫世间，相逢认识都只是偶然。没有许诺，却能彼此关爱，心意相通；也没有掩饰，流露着真诚；虽没有经历誓言，却能自然而然地开启友情之门，这便是命中注定的缘分，谁说不是呢。

第二章
社区新家　不爱洗澡　爱美食

风小星跟着风景回到主人的家。客厅里，木质地板上放着一张天蓝色的布艺长沙发；房间里有一张粉色的席梦思床，粉色的被子被整齐地叠好后与枕头放在一起，原木色的床头柜上放着一只白色的杯子，还有一张合照。白色蕾丝点缀的窗帘被拉到窗台一边，从阳台望去，能看到院子里有一片植物。风景示意，让风小星走到院子里，热情地与它分享着自己的种植爱好，仿佛自己收养的不是一只小动物，而是家有贵客光临似的。总之，“有朋自远方来”，风小星在风景眼里更像是这样的一位朋友。

“跟你说啊，小星星，这株叶子掉光了的植物是我最喜欢的白玉兰。我们小区里有好多这样的植物。现在是一月严冬，你别看它叶片都掉落了，但是它仍然坚强地活着！等到春末夏初五六月份的时候，它就会绽开洁白的花朵，随便摘下一朵，轻轻一闻，一股清新自然、沁人心脾的幽香便能直接钻进你的鼻孔里，令人陶醉，神清气爽！到了盛夏七八月份，虽然玉兰花已落了一地，即使天气酷暑炎热，白玉兰还是会努力地疯长新芽，绿油油的叶子一大片，一大片的，可好看了。到了秋天九十月份，树叶也都长大了，它们从浅绿色变成了深绿色。到了严冬十一十二月份时，即使寒风呼啸把它们的叶片都给吹落了，它也仍然不死，坚强地活着，它会再次等待来年的春暖花开！生命的这种力量，是不是很神奇，很赞呀？告诉你啊，房间里还摆放着我自己亲手做的白玉兰干花呢。”说罢，风景招呼风小星进屋。

房间不大，却清新简洁。风小星低头闻闻这里，又嗅嗅那里，抬起头到处瞅，感觉对这个屋子有着难以言喻的好感，原来这里有着和胸前发带一样熟悉的气息：淡淡的白玉兰花香呀！风景，眼前的这个女孩，是说服自己跟着一起走来，暂时留在这里的唯一理由！风小星也想看看这里与它曾去过的那么多个地方，到底会有着什么样的不同呢？

“喂，小星星，知道适者生存的丛林法则吗？快过来！没有让你换拖鞋，套鞋套就进屋，不代表你就可以随便到处走动啊，先去清洁干净，才能吃东西，知道吗？这是居家生存法则！”风景走过来，双手抱起还在发愣的风小星，快步走进浴室。

天呀，要洗澡！她以为我是橡皮鸭子吗？会喜欢打湿自己，泡在水里划来划去？世界上哪里会有真心喜欢洗澡的狗呢，难道她不知道，这连狗都知道的基本常识吗？一想起曾在某个国家、某个城里的流浪狗收容所，那几个月的可怕经历，风小星就开始有些焦躁不安了，它拼命挣扎着，想大叫："我不要洗澡，坚决不要！不要！"可最后发出的声音只不过是几句"汪汪汪"的叫声。这无法让风景明白自己真实想要表达的意思，这着实令风小星更加着急。

"好了，小星星，你不要乱动！我知道你刚到新环境，会不适应，放心哈，小星星，你别怕，我不会伤害你的，你看你这身斗篷衣多好看呀，可是太脏了，还有你满身的土灰，咦？你的斗篷衣为什么无法解开呢？一定是你一直乱动，可恶，小星星，算了，不解衣服了，反正你也不大，就让你直接洗吧。"风景试图安抚风小星。

一定不是风景那种帮邻居阿婆带小孙孙、哄小孩的本领发挥着神力，应该是风景不顾一切都要破釜沉舟。不论如何，洗澡这事儿都无法躲过去的决心，起到了震慑的作用，反正风小星眼下是投降了，只见它乖乖地服从风景的所有安排。

"小星星，你多幸运啊，我这边还有上次帮楼上阿嫂照顾小狗阿朵留下的宠物沐浴露，等一下，一定连狗带衣都洗香香。"风景自言自语，显得信心十足。

“啥，小星星，这是在叫谁呢？星星在天上眨眼睛呢！我这只狗皮囊万般不情愿地泡在这澡盆子里，哎，无法自拔的落水狗，大概就是这个意思吧。”风小星无可奈何地想。

风景用棉花做成两团小球塞进风小星的耳朵，防止淋浴喷头的水珠溅入耳朵，引发炎症。她把沐浴露放入水中搅匀，再将风小星放入水中洗。洗完澡后，再用干毛巾反复擦干皮毛上的水分，然后一边梳理，一边用电吹风吹干。

“哇，竟然好舒服！”风小星心想，这似乎是自己出现在这片未知领域后，第一次发自肺腑的感受了。这澡盆子，不是，这浴缸，这沐浴泡泡，还有这热乎乎的吹风机，都有一种莫名的熟悉感，就好像自己在久远的某个记忆里也曾经历过似的，可是到底是在哪里见过呢？风小星依旧想不起来。

风景把开着的吹风机暂时搁在了板凳上，自己起身把毛巾挂起。

此时此刻，风小星身上的斗篷衣也被一起吹干了，皮毛被吹风机吹出的风烘得暖暖的。距离这样远，就已然感觉很温暖了，那如果离风筒再近些，会不会感觉更加舒服呀？犬的脑袋大概也就只能尽力想到这么多了吧。所以，风小星不由自主地就把头靠了过去。“啪”的一声，板凳上的吹风机被撞翻在地。

只见，风小星躲在一旁，趴在地上，发出“呜呜呜”呜咽的痛苦声。

“小星星，你怎么啦？！”风景回过头，赶忙去抚摸风小星的身体。当风景触摸到那个被烫伤的地方，风小星就会感到疼痛，条件反射般地不停号叫。风景在风小星的皮毛上发现了一处小坑，她知道这只犬刚才肯定是被吹风机给烫伤了。于是，风景赶忙拿出治疗烫伤的药膏，蹲下身子，左手轻轻抚摸了一下红红的痛处，右手拿起棉签，伸进瓶子里蘸了蘸，一边涂药膏，一边用嘴轻轻地给风小星吹伤口，然后轻轻地包上了白色纱布。风景抬起头，用那双炯炯有神眼睛望着风小星，眼里充满了怜悯与疼惜。

“这下好啦，不疼了！小星星，幸好没有破皮，红肿过几天就好了，来，照照镜子，看看自己美不美？”风景试图安抚风小星。

从镜子中看到自己此刻的模样，风小星简直是哭笑不得呢。原来由于伤口靠近耳朵附近，头上的白色纱布硬是被风景系成了蝴蝶结状！风小星心想，我的天呀，这风景哪里是天使，根本就是魔女嘛，把我这活泼强健的酷狗头裹成萌萌的小萝莉，我还健康得起来吗？怎么感觉自己现在就开始有些心理问题了呢？再说，我早就对这副狗头不满意了，最初我意识到自己的身体只是被某种透明物质包裹着的一股气流，那时候飘浮在半空中，自己还觉得挺开心的，这么灵动，多自由啊！身边巨大的“烤火炉”里，熊熊的火焰未燃尽，这机器是干什么用的？怎么烧成这个样子？为何只有自己留下来？其他的同类都跑去哪里了？他们是都被烧死了吗？还是都逃逸啦？很多问题的答案我都不得而知，在那个时候，也都显得无关紧要了。后来，随着太阳把地面晒热，我自己又在大气层里，结晶水汽化，气态水再经过凝结，又聚集到一定的程度之后，变成了云朵，飘浮在高空。那时候，我看着蓝天真的是好美啊，天空之上会不会比现在更美？身为云朵的自己很好奇，于是拼了命地往上升，想再上去看看，结果由于太冷以及空气承托不住，不得已成了雨，掉落下来。当我的身体即将着地之时，一直包裹着的透明物质及时地化成了一个气垫，挡在了我的脚下，让我免于落地时水珠四溅，粉身碎骨。然后，这样的我又滚入田间地头，就在泥土的夹缝中，快要窒息的时候，瞬间成了一粒和周围一样的种子，慢慢地从地里冒出了芽，再长成苗，最后成了一棵参天大树！我这棵大树整天望着非洲大陆上的动物们在一年里头来回地南北迁徙。看着动物们能去那么远的地方，真是感到由衷地羡慕啊！每当有动物路过我的身旁，它们就会停下脚步，与之闲聊之时，身为树的我总会发出这样的感慨。当然，停住脚步与之交流（尿尿）最多的动物就是野犬。

非洲野犬，又称非洲猎犬、三色豺，毛色较杂乱，通常黑色、黄色和白色混杂，每只犬毛色均不相同。体型较大，毛皮短而稀疏，头部色调较深，尾巴上有白色的毛。耳朵又大又圆，平时竖在头顶。腿部肌肉发达，奔跑起来相当有力量。路尽头那边的故事，很多都是非洲野犬讲给那时身为树的风小星听的。某天，森林里突起大火，眼看着就要葬身火海了，就在自己被弥漫的山火熏得晕晕乎乎快不行的时候，一转眼的工夫，自己就变成一头凶猛的非洲野犬！只见它迅速跳过火海，向着远方快速奔跑。前方有什么？它并不知道，但是它知道，遇到危险，它要躲避，绝不能死在这里！路的尽头似乎一直有光，吸引着自己一定要跑去目睹，经历一番。后来，这只野犬跑过了春天，跑过了盛夏，跑过了秋天，跑过了冬季。它跑出了村庄，跑进了城镇。从一个地方，跑到另一个地方，也不知道自己像这个样子过了多久，奔跑渐渐变成了漫步，从白天到黑夜，从晴天到雨天，像这样漫无目的日子多好啊，再不用奔跑到吐了！四处流浪，走走逛逛，散漫而逍遥，就连这样一副犬的模样，自己也渐渐习惯了，只是突然有一天，它注意到天上的飞鸟开始讥笑，偶然惊奇地发现：自己已然由非洲野犬，变成了沙皮犬的模样。

“小星星，快来吃狗粮。”风景朝正在照着镜子的风小星喊了一句，做了一个招呼过来的手势。

“讨厌！又叫人家小星星，我又不是妹子，虽然我记不得自己是从哪里来的，但是我知道我是爷们儿，真正的爷们儿！”风小星一脸不情愿。它正要低吼咆哮时，突然听到自己的肚子咕噜、咕噜地在唱空城计，一想到有吃的，就又怂了。好吧，眼前大局是吃饱。很久没有斗志的风小星显然很享受此刻宠物犬的待遇——衣来伸手，饭来张口！

“很好吃，对吧？小星星。”风景一边吃着手中的冰激凌，一边欣赏着风小星狼吞虎咽地吃狗粮。

风小星津津有味地吃着狗粮，抬头扫了风景一眼，这一看不要紧，盘子里的狗粮就感觉不香了，也不想吃了，它的目光全都集中在风景手里的食物上。那是什么？盒子上写着“冰激凌”三个字，那东西看起来很好吃的样子啊。风小星的眼睛直勾勾地瞅着冰激凌，一副垂涎欲滴的模样，嘴巴里情不自禁地发出低叫声。

“小星星不吃狗粮啦？你这是在撒娇讨吃的吗？该不会，该不会你是想吃这个冰激凌吧，跟你说啊，我是刚才帮你洗澡，出力流汗累的，去吃冰激凌爽口解乏的，看你这小模样，莫不是真想吃这个冰激凌啊……”说着，风景把手中的冰激凌，试探性地放在风小星面前的餐盘里。

风小星凑上去仔细嗅了嗅，哇，这个食物充满了香甜的味道，好好闻啊！想到这儿，风小星咬上一口，哇，凉凉的，感觉妙极了，香甜的味道，好吃！好像有蜂蜜的味道呢！这让风小星不禁想起，以前在非洲大草原与蜜蜂朋友们在一起，那自在生活的情景了。这个人类食物似乎刺激的不仅仅是味蕾，还激发出犬脑袋里深处的记忆。我以前一定是在什么地方见过这个食物，也吃过这个食物！哎，怎么就是想不起来呢？！哎呀，不想了，做犬这么久了，自己的记忆里还是一片迷雾，什么也看不清，还是想不起来很早以前的事儿，先吃了再说！天呀，这也太好吃了吧。边想边吃，一会儿，风小星三下五除二，匆匆几口就把盘子里的冰激凌都给吃完了，装进了肚！

吃到冰激凌的风小星特别开心，它不由自主地趴在地板上，不停地打滚，然后站起来，使劲地摇动着尾巴，围着风景一通乱跑，仿佛是在向全世界炫耀着它的欢乐！

“小星星，你这是吃饱了撑的，撒欢吗？”看着风小星如此滑稽的举动，风景不禁感叹道。

不同的生命相处在一起。原来能够分享美食，感受欢乐的伙伴真的很重要，是值得去忠诚对待的。

第三章
“滚滚”事件和窗台事件

在这个静谧的夜晚，风小星望着窗外的明月，做了一个大胆的决定：不再往前走了，反正再远的地方，月亮也和今夜的一样，在哪里都能看到。反倒是眼前的美好，是以前的自己不曾遇到过的。就想一直这样，留在这里是现在的风小星最想做的事情！

房间里，风景已然熟睡。今天的她估计累坏了，她先是给风小星洗澡，然后又给它做犬舍，只见风景打着呵欠，四仰八叉地横躺在床上，脑袋一接触到软枕，也没顾得上把被子盖在身上掖好，就睡着了。

风景用她以前的干净床单连夜赶工做出来一个温暖舒服的小窝，就放在客厅的一角。风小星从这个小窝里起身，缓缓走进风景的房间，它看了看床上早已熟睡的人儿。只见，风景一头长发毫无章法地铺散开来，胡乱地遮盖了大半张脸，圆圆的脸白里透红，眉如柳叶，灵动的眼眸，此时轻闭着，鼻头微翘，朱唇不着而赤，嘴角挂着浅浅笑意。仔细听，还能听到那似有似无的，似远似近的，“呼噜、呼噜”的打鼾声，这般睡容要说是充满了天使的气质，任谁，估计犬也是不会相信的。但是，这样的睡姿却吸引了风小星，此番酣睡的模样，它感到无比熟悉！对哈，睡得这样香甜，多像“滚滚”啊！

“滚滚”是一头偷跑出来的猪，是风小星奔跑途中偶然相识的朋友。记忆里，“滚滚”肥头大耳，眼睛像两颗黑宝石，鼻子总是翘得高高的，大大的嘴，短短的腿。胖乎乎的身体，白白的皮毛，走起路来满身的赘肉一摇一摆的。就这憨憨的走路姿势，风小星曾经当着“滚滚”的面，胡乱模仿过，逗得疲惫不堪的“滚滚”哈哈大笑，暂时忘却了烦恼。“滚滚”有些懒惰，爱吃东西，爱睡觉，也爱打呼噜。熟睡的“滚滚”，无论任谁怎么呼叫，或者用小竹棍戳它，它也不会起来，除非睡饱了才肯起。风小星曾多次严肃地告诫过它，穿越恐怖丛林如果没有旁人护周全，就得自己强大，且不能有软肋，否则，将会很快被抓，失去生命的！这是风小星的非洲动物朋友们，在迁徙途中，总结出来的保命技巧。可是，憨憨的“滚滚”听不明白，它依然傻傻地吃，傻傻地睡，梦里的它太不可思议了，成了飞猪，上天和风小星一起飞翔……每次梦到这儿，“滚滚”就会“呵呵”地笑着醒来。它说，最好的活法，其实很简单，生命也不是按长短来盖棺定论的，在生命消逝之前的所有时间里，如果能和好朋友风小星待在一起，不论去做什么，每时每刻都会感觉很心安与开心，以这样的状态走向生命的结束，它也会感到很知足。这套“滚滚式”的真情告白被风小星拆解为：“滚滚”只为活在当下，不愿想太多，想及时行乐，只争朝夕！所以，每当“滚滚”呼呼大睡时，风小星只能独自小心翼翼地守在一旁警戒，不敢轻易睡去。因为风小星知道，一直有只可怕的“大手”在觊觎着“滚滚”，要捉它回去。在那段时光里，日子过得很是紧张，它们总是在奔跑，不停地奔跑；那段时光也过得很短暂，因为有一次风小星太累睡着了，“滚滚”醒来，一不留神儿跑出了风小星的身边，在觅食时，掉进了陷阱。“滚滚”永远合上了眼睛！这一次它也许梦想成真了，在那遥远的梦里，它继续飞翔，仿佛飞鸟一般，但是永远也回不来了！等风小星醒来，一切为时已晚！没能救下“滚滚”，这件事儿一直让风小星感到内疚与自责，它不再结伴，甚至就连痴迷神往的奔跑也从此变得不再有意义。

此刻的风小星不忍吵醒风景。只见它往床底下一钻，安静地趴在那里，继续仰头看着窗外的星空。夜深起风了，房间里的窗户没有关好，两扇窗子并没有完全合拢，风从中央的窗户缝里吹进来，窗帘不停地被掀动，窗外风的力道也越来越大，进而把窗帘吹得鼓了起来。风小星钻出床底，爬了起来。它转头看看还在酣然入梦的风景，又转头看着呼呼漏风的窗户。

“真是憨憨的风景！在一月份的天气里，这样不关窗，对着风睡觉，如果没有我的斗篷衣，是很容易着凉生病的。”想到这儿，风小星不免着急。它在房间窗台附近来回踱步，思考办法。风小星试图靠近窗台，想用前腿把窗框关上，无奈腿短，长度不够，实在够不着。这怎么办？怎么办？有了，风小星终于想到了办法，它平静而自信地盯着窗台，趁着窗帘被风吹起的那一刻，它一下子跳上了窗台，抬起前腿，牢牢地抓着窗框，只用后腿支撑着，站在窗户缝前，试图用自己的整个身体堵住缝隙。哎呀，这个姿势真是难受呀，犬毛覆盖的肚皮和脸皮都快被风吹化了，凉飕飕的，毛皮褶子都被吹得变了形，这哪里是吹风呀，这简直就是风灌犬肠呀，一整夜的风吹进这副犬皮囊里，身体都快胀成了球，要不是有斗篷衣裹身护体，我这副犬皮身子骨，怕是今晚就要在此谢幕归西了！如果“滚滚”在天之灵得知，我这只狂野的酷犬，没有饿死、跑死在路上，只是活活被夜风给吹死的，估计它一定会笑翻在地，再次满血复活！

风小星回头看看依然沉睡的风景，心想，不管怎样，我是不会让你成为第二个“滚滚”的。现在做，总好过来生再做。可恶，这个一直漏风的窗！我一定要守住，直到，直到……吹了一晚上的风，就这样反复挣扎着、哆哆嗦嗦地站了一夜，风小星感觉自己的腰椎间盘都快要突出了，整个身体都僵直了，思维连同口水都凝固，不再流了。风小星浑身冰凉，它感觉自己身体的能量在一点点地向外消散。眼前一片漆黑，喉咙像被堵住了似的，发不出任何声音，听力也减弱了，似乎也听不到任何声响，一片寂静！这一刻仿佛只有自己被隔绝在尘世之外的独立空间里。这个独立空间，风小星已来过多次，这些年，每当遇到危难险阻时，像这样的情况，斗篷衣突发异状，来保护自己，也许就是自己全力以赴，保命使用的万能招数吧，平时的自己曾多次试图，对着斗篷衣召唤过这一招数，想着也许可以尝试改变一下造型，可惜都失败了！这身“行头”似乎有着自己独有的分析与判断，它能精准分辨危害的真伪与严重程度，从不上当出招变形。没想到这次，当真快被大风吹死的时候，自己竟然无意间，又让瞬间变形自动开启了……也许还可以借此时机改头换面，不用再做流着口水，一身褶子的沙皮狗，风小星此刻就是这样想的，所以它并不慌张。只见，猛然间，斗篷衣红光涌动，膨胀。瞬间，光芒四射，风小星的身体正被它紧紧地包裹。此时，斗篷衣表面竟然开始冒出了蒸腾的白色雾气。伴随着白色雾气的增多，风小星的视野开始模糊不清起来，白色雾气聚成一股强大气流，缓缓地填进风小星的嘴里。热气在风小星的口腔中久久不散，丝丝气流又顺着口腔，进入身体的每一个地方，然后在腹腔聚集成一股涌动的热气，先是一丝丝的，像是一根根火红的丝线，从脚底板儿向上升起，接下来又像一团火球，在胸腔运转，由慢转快，越来越急速，最后一瞬间，燃遍全身。天蒙蒙亮起，窗台上的亮光也逐渐消散，直到最后熄灭。

每个生命活着不是一种挣扎，而是为了体验鲜活而美好的过程。关爱互助不是为了挣扎地活着，只是为了在黑夜最冷的时候也可以相互扶持与依靠，好好地活着去迎接光明。天亮了，也许就是另一个美梦的开始。

第四章
沙皮大变小泰迪　聪明反被聪明误

第二天早上六点多风景醒了，小鸟在窗外叽叽喳喳地叫。风景一觉睡到这个点儿，她一翻身，感觉脖颈有些酸疼，这让她彻底醒了，她睁开眼睛，一点困意都没有，起身，再揉揉惺忪的眼睛，下床穿上拖鞋，走到客厅犬舍，现在的她很想先去看一看风小星。

“咦？小星星不在小窝睡觉，它跑到哪里去了？”风景发现风小星不在犬舍小窝里，心生奇怪。于是，在家里好一通找，也没有看到风小星的踪迹。风景心感纳闷，回到自己的房间。拉开窗帘，准备迎接清晨第一缕阳光。只见她轻轻吸了一口气，闭上眼睛，一阵清新淡雅的白玉兰干花香气迎面而来……“咦？怎么还有一股给风小星洗澡用的宠物沐浴露的味道？”风景迟疑了一下，她缓缓睁开眼睛，看着窗台怔住了。眼前一只棕色的贵宾（泰迪）犬一动不动地趴在窗台上呼呼大睡。它的脖颈上系着斗篷衣和发带，耳前还扎着只蝴蝶结式的白纱布，很明显，这只受到了极大优待照顾的，且服饰都别无二致的小狗就是风小星！小沙皮一夜之间成了小泰迪了？！这是多么不可思议的事情啊！窗台上的小泰迪此刻正熟睡着，任谁也不知道，它昨晚在这窗台上与夜风战斗了一宿，守着风景一夜未眠，等到天际微亮，风力渐小，它才筋疲力尽地倒下，昏沉睡去。此刻的它侧躺着，贴着窗台而睡，全身心都很放松，似乎它对这窗台周遭也感到非常的熟悉与安心。现在熟睡中的这只犬有时会发出低吟声，偶尔腿部还会微微地抽动，这大概是犬腿扒窗框，扒了一夜留下的后遗症吧，这谁也说不清。

小星星不是一只普通的犬？！或者说它也许就不是犬，本身就很特别呢？对于业余时间看过很多科幻小说的风景来说，此番猜想与推论，并没有让她自己感到丝毫恐惧，反而激起了更多的好奇心。

只见，风景转头快步走进书房，翻找资料：自然界有一种动物叫避役，俗称变色龙，属于蜥蜴亚目，是避役科，爬行类，产于东半球，主要树栖，特征为体色能变化。它皮肤的基本颜色是绿色，但它可以随时变出深绿、浅绿、紫、蓝、褐色等，甚至可以变出“花里胡哨”的花纹色。变色龙的变色现象与其他生物的保护色、警戒色相似。变色龙的肤色会随着背景、温度和心情的变化而改变；雄性变色龙会将暗黑的保护色变成明亮的颜色，以警告其他变色龙离开自己的领地；有些变色龙还会将平静时的绿色变成红色来威吓敌人。目的是保护自己，免遭袭击，使自己生存下来。变色能躲避天敌，传情达意，类似人类的语言。变色龙是一种“善变”的树栖爬行类动物，在自然界中它当之无愧是“伪装高手”，为了逃避天敌的侵犯和接近自己的猎物，这种爬行动物常在人们不经意间改变身体颜色，然后一动不动地将自己融入周围的环境之中。《美国国家地理杂志》撰文指出，依据动物专家的最新发现，变色龙变换体色不仅仅是为了伪装，体色变换的另一个重要作用是能够实现变色龙之间的信息传递，便于和同伴沟通，这相当于人类语言一样，进而表达出变色龙的意图。再有中国先秦古籍《山海经》中有记述古代人形神怪与灵异草木的神话；比如中国福建省福州市地方民间传说故事中也有写田螺姑娘的故事，故事是讲天帝知道谢端从小父母双亡，孤苦伶仃，很同情他，又见他克勤克俭、安分守己，所以就派神女田螺姑娘下凡打扫、做饭，帮助他。四川省射洪县螺湖也有流传，故事情节也类似。中国清朝小说家蒲松龄创作的文言短篇小说集《聊斋志异》，里面有短篇小说491篇，多是写花妖狐魅与人的幻想故事。国外《安徒生童话》里也有《美人鱼的故事》，它讲述了大海里的人鱼公主和人类王子从相见到相爱，再到无法在一起的凄美爱情故事。就连前些年，韩剧《来自星星的你》风靡一时，故事讲述的是，外星人都敏俊与邻居千颂伊的爱情故事。像这样的一些奇闻逸事，古今中外都曾有过。

作为一名唯物主义的坚定拥护者，对于封建迷信，风景是从来都不相信的。当然，不可否认的是，在这个世界上，自己不曾知道的物种知识都多了去了，更何况神秘的宇宙空间里像这样的世界真的会只有我们地球这一处吗？科学家们都争论纷纷，尚未明确知晓答案，自家这点事儿，这只活生生的风小星，它的来历谜题嘛，就还是靠我自己去破解吧。真相只有一个，我就是现实版的柯南！风景暗暗发誓。

风小星醒来后，从容地跳下窗台，它见风景不在房间里，就想走出房间去找她。当它慢悠悠地从穿衣镜旁经过时，突然，风小星愣了一下，脑袋里回想着刚才走过镜子时出现在镜子里的“小卷毛”，它是谁？！风小星快步退回到穿衣镜面前，停了下来。它缓缓转过头去打量，惊奇地叫了一声，眼前镜子里的这番新模样无疑让风小星呆若木鸡：矮小的个子，一身棕色小卷毛，正蓬松柔软地发着亮，两只灵敏的耳朵耷拉着，乌黑的、圆溜溜的、善解人意的眼睛似两个透明的玻璃球，腿短小而粗壮，好像四个小柱子，尾巴毛茸茸的，摆动起来，活似一个小绒球……我的天呀，睡了一觉醒来，我成贵妇犬——小泰迪啦？！这是什么情况呀？！以前从非洲野犬变换成沙皮犬，就已经让风小星有一阵子难以接受了，没想到，这次的变身更加过分，竟然直接成了卷毛小泰迪！这怎么还能越变越小，越变越没用呢？为什么还是犬的模样呀？这个世界有这么多的物种，变成什么不好，为啥次次变换都成犬呀？难道是因为我一直单身，没有对象，所以只能物以类聚，变化成犬吗？貌似以前在路边流浪时，常听见路人说起这个年头到处都是“单身狗”之类的话。可为啥这次变成小泰迪呀？风小星一肚子委屈与不满，它知道，每次的变身都来自斗篷衣，于是，它很生气地用嘴撕扯斗篷衣，想与这身功能服装好好理论一番。

也不知道斗篷衣是什么材料制成的，它轻薄透气，除螨、防火、防水、防油污，能自动调节冷热，坚不可摧，刀枪不入，它能根据使用者的需求，自动改变造型。有时能像防弹衣一样躲避子弹伤害，有时像房子一样可以用来遮挡风雨，有时又像降落伞背包一样可以带着用户自由翱翔。它在水里能上浮能下潜，在空中能起飞降落，在陆地上能打滚弹跳，十八般兵器的功能它全有，海陆空装备的功能它也都会，穿着它还能强身健体，免疫疾病。以前多少次身处危难，幸好有这身衣服相助，性命才得以保全，风小星为此不止一次地感恩过，它心想，在这片陌生的大地上，幸好一直有这身斗篷衣不离不弃地相随陪伴，何其福哉！可是没想到，哎，真应了那句古话：成也萧何，败也萧何。让自己摆脱不掉犬皮囊的竟然也是这身斗篷衣。可恶！今日我倒是非要将你大卸八块不可呢！风小星暗自思忖。它不停地撵着尾巴转圈圈，急躁地“汪汪”大叫，试图把斗篷衣给撕扯下来。

风小星这会儿的动静太大了，惊动了正在书房看书，查电脑资料的风景。风景放下书，从书房里出来，当她看到风小星正在不停转圈，发了疯似的不肯停下来时，心生一计。她把狗粮放在风小星面前。在嗅到了美食之后，风小星瞬间停了下来，它摇了摇头，似乎是要把转圈晕乎乎的目光都收回来，盯在狗粮上。哎，真是太没天理了。咸鱼翻身，真的还是咸鱼啊！昨晚忙乎了一宿，自己还是一只犬！从小沙皮到小泰迪，没啥本质上区别呀。爱吃东西依然是检验犬鼻子真伪的唯一标准。风小星想想也是无可奈何，灵敏的嗅觉让风小星对美食完全没有抗拒力。

见风小星吃了半饱，风景这才把两张A4纸摆在风小星面前，左边的白纸上写着“是”，右边的白纸上却什么字也没写。接着，她又把食盆往后放了放，然后轻柔地对风小星说：“小星星，在继续享用美食之前，需要你先回答几个问题。”

风小星目不转睛地瞅着远处的狗粮，一副“吃货”的模样，嘴巴里又情不自禁地发出低吠。

“第一个问题，现在的你还是我当初在垃圾桶旁边认识的那个小星星，对吧？”风景小心翼翼地提问。

风小星迅速地站在写着“是”的这张纸上。这个动作让风景大吃一惊。

“你能听懂我说的话？！还能认字？！这太不可思议了，放心，我是不会伤害你的。小星星，听好，第二个问题，你会伤害我以及其他人类，是吗？”风景想了一下，给出第二个问题。

风小星毫不迟疑地站到了右边空白纸上。果然这个结果和风景事先预想的一样。

“第三个问题，一夜之间由小沙皮变成小泰迪，你是有超能力？”风景弯下腰，眼睛瞪得圆圆的，目不转睛地望着风小星，期待回复。

风小星迟疑了一下，它从风景的眼神中读懂了好奇，它很清楚眼前的这个女孩对自己充满了惊讶，她的脑袋里估计已经装满了十万个为什么，想着来提问呢！再说自己那多如牛毛的故事，又岂是短短三言两语，“是”或者“不是”，就能轻易说清楚的呢。风小星想尽快结束这场快速问答，否则，它担心一时半刻也问不完的问题会阻碍它对狗粮的享用。想到这儿，它走到写有“是”字的这张纸上，停了下来，抬头看着风景。

“哇，很好！我就断定你肯定是有超能力的嘛！”风景看到风小星选择“是”后，整个人喜出望外，激动地跳起来欢呼。

风小星看着风景此番欣喜若狂，如获至宝的模样，它有些担心了，它很怕风景会像这样无止境地提问下去。不行，我要想办法，让她停止思考，不能再这样提问了，还有我要尽快离开这里。我不是犬，也不是神，我自己到底是谁？从哪里来？我要到哪里去？终极三问，我都已沦为无法自拔的犬了，却还没有找到答案呢，又如何为一女子去答疑解惑？正在风小星思忖的时候，风景静静地从柜子里拿出好些巧克力，摆放在风小星的面前，她小心翼翼地拉上客厅的移门，关好窗子，拉上窗帘，然后故作镇定，神秘兮兮地，却又郑重其事地说道："星星大神，你放心，我平时看过超级多的童话、神话还有科幻片，虽然尚不知你是属于哪一款，但是据说超能力是可以点石成金的，书里，电视里都有提到过。我是很有见识的，对吧？所以，请不要吝啬你的洪荒之力，尽情地在这里释放吧。把这些黑乎乎的巧克力统统都变成金灿灿的大金子吧。哦？！小星星。放心，我蹲下，保证不偷看你爆发神功。"说完，风景谄媚地、笑眯眯地，用期待的眼神瞥了风小星一眼，然后就用双手迅速地捂上了自己的眼睛。

哎，这个女生除了长了颗爱心之外，就没长脑子吗？我要是有点石成金的本事，还用得着无家可归吗？我不先给自己整一套豪华别墅去住？再说，点石成金是江湖术士诓人的骗术，这种地摊儿把戏，她也会信？估计这智商也就只够她每天能出趟门，倒个垃圾。想到这里，风小星心生一计，它要借此机会，好好整蛊眼前的这个“财迷”。

风景从指缝中，偷瞄风小星的一举一动。只见风小星用鼻子来回不停地嗅着地上的巧克力，接着又不停地盯着看，最后竟然慢条斯理地大口吃起来。吃完后，风小星又“汪汪”地叫了几声。有那么几分钟，风小星安静地站在原地一动不动，然后它就不断地转圈圈。

嘿嘿，这地上一盒子的巧克力可都装进你小星星的肚里啦，你也没留下什么特别的东西，现在这个转圈总该是发功前的“神圣”仪式了吧。风景自作聪明地暗自猜测。

风景的小动作都被风小星看在眼里，它正为她的财迷心窍，有气儿不打一处来呢，此时，突然发觉自己要拉大便，这下风小星可焦急坏了，糟糕，不，不行，在这个时候，还有女生在身边，太丢脸了，我要忍，要憋住……刚想到这儿，风小星就思考不下去了，大脑完全被肚子的蠕动搅拌着，拉扯着，它又想，确实太难忍了，算了，还是释放……正好此刻，风小星转头瞥见装巧克力的纸盒空置在一旁，说时迟，那时快，它三两步奔到大纸盒的后面，抬起一条腿，靠着纸盒，尽情释放起屎尿屁。

不一会儿，风景从指缝中瞧见风小星从容地从纸盒后面走了出来，跑开了。心想，神圣仪式这就做完啦？该不会闪闪发光的金子，小星星就给我留在这纸盒后面了吧。嘻嘻，好开心，这下子发大财了。风景迫不及待地放下双手，睁开眼睛，起身去挪动那个大纸盒。

没想到，一股臭味扑面而来，看着纸盒后面风小星故意留下的一摊“神物”，风景呆若木鸡，自言自语：“金子在哪里呢？这坨新鲜狗屎就是留给我的？！我要巧克力变黄金，你倒好直接给我变出一堆狗屎来，视金钱如粪土啊，小星星你是在给我上思想教育课，对吧？！犬中豪杰，风小星，都会教训人了呢！气死我了！”想到自己被风小星——一只犬给捉弄了，就气儿不打一处来，怒发冲冠、咬牙切齿、七窍生烟，似乎平常四字成语都无法形容此刻难以名状的心情。在风景看来，一方面感觉自己很丢脸，恳求对方办件事，竟然会被这样不给面子；另一方面也觉得自己本身也是有问题的，活该自作自受，是自己起了贪财之心，才会中招被耍，感觉理亏，又不好发作，去同一只有超能力的犬计较。所以风景强压着怒火，想控制住快要被气爆的大脑袋，试图去捋直快要炸毛的头发，但就有那么一瞬间，满腔的羞愤没忍住，只见风景大吼一句：“风小星！”满屋子的玻璃仿佛被她的声音震动得嗡嗡作响。

人生如果只有一条路不能选择，那就是放弃的路；如果只有一条路不能拒绝，那就是成长之路。带着感恩知足的心启程，学会爱，热爱劳动，热爱生活。想要自在，就要放弃挑战，想要前行，就要放弃停留，不想被人笑，就要放弃虚无缥缈的贪念，因为真实的生活是靠真实的自我活出自己的样子。

第五章
社区宠物医院　天使的光环

吼声过后，发泄完毕，风景就好像一切都翻篇儿了似的，如释重负，默默地将室内卫生打扫干净。这就从此风平浪静啦？她再不会东问西问，胡思乱想地乱提一通要求啦？风小星心神不定，在它看来，人类的确很麻烦，尽快离开方是上策。它四周张望，发现客厅移门刚才被风景取拖把时，无意间触碰后，留有一道缝隙，如果从缝隙里钻过去可以到达院子，从院子里找机会离开应该是比较容易。风小星自觉可行，于是，它趁着风景此刻不在客厅，就赶紧朝着移门奔去，说时迟那时快，就在“小短腿”快奔到移门缝隙时，突然，从天而降的一只大扫把挡在了前面。

“小星星，不要胡乱跑，牵引绳都没拴，再跑丢了怎么办？”拿着扫把的风景一边关切地说，一边从旁边茶几上拿起牵引绳套在了风小星的脖颈上。

完了，连狗绳都套牢了，这下彻底跑不掉了。戴上牵引绳的风小星很失落。表情显得很难过，此时的它正在安静地发呆。

“小星星，你怎么无精打采的？”风景此时注意到了风小星异常安静，于是蹲下来，轻轻地抚摸，关切地询问。

废话，跑也跑不掉，心情会好才怪呢！风小星心想，它睨风景一眼，不语。

“就知道你生病了，扫地看到你拉的‘黄金’有些稀，都怪我，逼你发神力变金子，我们走，现在就带你去看医生。别担心啊，有我在，你会很快好起来的。我保证！”说着说着，风景不免自责起来，她下定决心，一定要治好风小星的肠胃病。

风小星心想，啥？看医生？我可是有这身护体的斗篷衣，并没有生病呀？估计是那一坨混合物让你这个憨憨看走了眼吧？都说人体70%是水，可是，这位没脑子，眼神还不行的爱心女士，她的身体里面估计100%都是水吧！女人都是水做的，这句话的确是真理啊！医院是什么地方？我会不知道吗？我路上的“狐朋狗友”们早就好心提醒过我了，在那里，会有陌生的人过来摸来摸去，还会有各种奇奇怪怪的检查，尤其是打针，痛得要死，还必须打。那是能令每只犬都产生同样恐惧症，也会发生很多不愉快经历的地方。这种地方，我唯恐避之不及呢，谁还愿意跟你去呀。医院，不去！不去！我不去！风小星故意拖着不走，要知道小泰迪撒娇耍赖，那是很有招的。

风景无计可施，只好弯下腰，一把抱起风小星，风小星反抗彻底失败，此时的它越表现得跳脱不安，风景越是耐心安抚，它越是要摆脱她的管束，她越是小心呵护，生怕自己一个不小心没抱稳，让风小星摔了，一个大老爷们像一个婴儿似的，被女生抱在怀里哄着，这种巨大落差着实让风小星有些垂头丧气，万分沮丧，它发觉现在的自己竟然如此无能，仿佛自己所做的努力都是白费，显得多余，与结果而言，也没些许改变。它挣扎累了，不想再动，也不想再做任何思考，就想像现在这样趴着，任凭风景抱在怀里抚摸。风景轻柔地为风小星牵起斗篷帽檐盖在头上，再轻轻地将它身上的斗篷衣拉扯平，才匆忙出了门，门外起风了，搁在桌子上的围巾，风景却忘记给自己戴上了。

人来人往的社区宠物医院距离风景家的小区很近。医院门口的泊车位都停满了私家车，这家宠物医院有两层楼，营业时间为周一到周日的上午 8 点到晚上 22 点，急诊时间为周一到周日晚上 22 点到次日上午 8 点。医院诊室分别设有医疗服务部、洗护服务部。其中医疗服务包括体检、注射疫苗、绝育、助产、住院服务、夜间看护、驱虫；洗护服务包括洗澡、美容、寄养、洁牙。咨询台就设在一楼大厅中心，这时候，一位年轻的女护士刚接完电话，只见她样貌清秀，身材纤瘦，坐着查看电脑。风景一眼就认出那是一位熟人，此人姓鱼，人又瘦，人送外号“小鱼干”。

于是，风景一手抱着风小星，一手轻轻扣了扣柜台桌子，向她打招呼：“喂，美丽的‘小鱼干’姐姐，刚忙完吧？要不抬个头，上来吐个泡泡，休息一下，向你问个事儿呗，‘毒舌妇’现在在哪里呀？我要见他。”此时的风景，神色颇有些微妙的神秘感。

“傅医生在楼上。”说完，“小鱼干”抬头才发觉前来咨询的人是位老朋友，不禁脱口而出：“风景？你，你怎么又来了？”

看着风景抱着手里的泰迪犬径直上了二楼，“小鱼干”感觉刚才的实话说得有些早了，很是后悔。但又碍于旁边来来往往的都是宠物主人，不大方便此刻大声发作。于是，“小鱼干”赶忙走出咨询台，跑上楼梯，她一边想要拉住风景，一边低声假意恐吓：“喂，风景，你抱的这只犬算是怎么回事儿呀？！你又是在哪里做志愿者服务呢？你该不会又要拉着医生去做义工吧，天天这样免费服务下去，我们这里就离倒闭不远啦！”

“放心，这次为我的犬看病，我付钱！”风景聪明地绕过“小鱼干”的干扰，头也不回，快步奔上楼去。

“这药水不打不行吗？医生。”宠物主人不想让自己的宠物注射肌肉针，于是就开口问了一句。

“行啊，当然行啊，那就躺下别再起来了呗，你呀，就早点去为它操办后事吧。”低头忙碌的男医生也没抬头，一边继续打着键盘给宠物开药方，一边顺嘴就给这个宠物主人回怼了一句。刚巧风景从此诊疗室走过，她一听到这个奇葩的说话风格，就知道准没错，这里面的医生就是“毒蛇妇”本尊，如假包换，正是她此刻要找的人！

宠物主人听到医生这样说，不吱声了，过了一会儿，又忍不住问医生：“我家狗狗能像以前一样，再多陪我几年吗？”

“能啊，待在这边世界陪你吧，它恐怕是不能够的。你得去趟那边陪它。”医生打完字，抬头看了看哭丧着脸的宠物主人，于是，这话就怼得愈发厉害了，“拜托，您家狗狗已经16岁高龄了！它的日常检查都是在这里做的，‘从头到尾，有始有终’这是圆满的大结局啊。人生有时候都做不到这个样子：起点亦是终点呢。你倘若真是为它好，就该一早做好心理准备，你家的这个宠物，它是真的累坏了，是该谢幕了。”

宠物主人听闻后，越哭越厉害，一言不发。

“樱阿姨，您咋还老泪纵横了，等一下你怀里的宠物被浇得一头雾水，它还以为大雨倾盆了呢。跟您老讲啊，一切莫冲动，冲动是魔鬼，好好生活，干吗要活见鬼呢。生活要静心。‘小鱼干’她知道有款静心口服液效果很不错，你等下让她送你两盒尝尝，再不济零陵路600号精神卫生中心，那边我有同学正在上班，你自己也可以去挂个号。”医生毫无表情地继续说道。

这话说得麻辣搞笑，又有那么点道理，诙谐的内容让此刻的宠物主人比较容易想通很多的事情，人感觉也好受多了，随即她停止了哭泣，不再伤感。宠物主人向医生致谢，拿了药方，出了诊室。

“哼，你这个兽医还真是毒舌千年不走样呢，我呢，以前还担心，就你这刺儿头脾气，说话恶毒的，真的会有人找你看病吗？没想到，这些年每天都有来自全国各地的宠物主人带着身患重病的爱宠找到这里，点名要挂你这个‘网红’医生的号，来给宠物看病。看来傅大院长对动物比对人都好，嘴硬心软！”风景走进诊疗室，趁机说话挤兑医生。

“景，太好了，你来啦？！”傅医生一见风景，喜出望外。

“景，哼！叫得还挺亲热，还直呼其名，看来，不只是认识那么简单啊，风景和这小子关系很熟吗？”风小星无动于衷的身体有了反应，此刻的它特别想显示自己的存在。很显然风小星是在见到这个男医生之后，情绪上开始表达出了一种莫名其妙的反感。

社区宠物医院院长傅强医生，年方三十一枝花！有着潘安的花样容颜，风度翩翩，才学一流。只见他脸庞如精雕细琢般近乎完美，眉清目秀，但眉宇间又透着一种成熟，深沉的双眼好似平静的湖水，冰黑色的眼眸似有雾气环绕、又似有一股浓浓的情意在里面，鼻梁秀气挺拔，唇色秀美如樱花一般，唇线相当完美，自带一种温暖的气息，但面庞冰冷，身躯高大修长，沉稳中带着傲气，却并不给人一种压力。这样一个动人心弦，却感觉冷若冰霜的男子偏偏被人送外号——毒舌妇（傅）。

作为这座城市里宠物医院最年轻的男院长，傅强对宠物的怜爱是从他 10 岁时救起一只小白猫开始的。当时隔壁邻居酒后乱发脾气，暴打家人和小白猫，从邻居家传出的人叫声和猫叫声，声声凄惨，就连小白猫都使劲抓着纱门想逃出来，正好住在隔壁的傅强看到了，前去阻止，邻居开门，将年幼的他一把推倒在地，叫嚷着："小屁孩，少管闲事！"随后把纱门连同木门重重地关上了。以往傅强父母在家时，听到声响，会出面制止邻居施暴，但恰逢这次长辈们都出去买菜了，都还没有回来。小小年纪的傅强灵机一动，他忽然想到平时常走家串户、热心助人的居委会干部。于是，他一口气小跑到居委会，向干事刘阿姨哭诉求救。刘阿姨听闻后，带了几名居委干事赶来阻止。小白猫也因此捡回了一条命，邻居家人的问题经几方协调都妥善处理了，但是猫的问题又来了。刘阿姨说，"施暴"

让邻居家的成员无法相处，最后散伙了，人嘛，都搬走了，剩下这只猫也没人想养了。看到猫指甲都出了血，傅强有些心疼，他不想把小白猫勉强送走，也不想它被遗弃，只好去求父母收养小白猫，并且主动承担照顾小白猫的事，也保证今后好好学习，再不给父母添乱。求了三天，家里人终于同意了，从此，小白猫成了傅强家里的一员，取名“安安”。傅强的眼睛在照顾宠物的时候是发光的，可是当观察人的时候却仿佛都在冰河世纪里，异常高冷。在他看来，有的人比动物可怕。人心复杂难测，会看不清，有的人会辜负动物，也会辜负人。伤害人的往往就是人。

现如今诊疗室的墙壁上挂着一幅白玉兰花的装饰画，桌上摆放着一张傅强一家与安安的合照，这张合照吸引了风景的注意。她拿起来，一边端详一边问道：“强子，安安以前真是一只漂亮又可爱的猫咪，后来，当它生命最后一程时，你应该是万般不舍的吧？”

“是啊，但是我知道医院为她安乐死是最好的决定。那时的它已经是 18 岁高龄了，还得了口炎（一种发生在口腔黏膜上的感染性或非感染性炎症），被疾病折磨得骨瘦如柴，吃东西都很痛苦。每次上完厕所，它都脱力地躺在猫砂盆里喘息，对于安安这些小家伙而言，死亡不可怕。它们对死亡的恐惧都甚少感知。反而需要忍受无常病痛巨大的折磨，这对于这些小家伙儿匆匆十几年的一生来说，是无止境的，难以承受的痛苦！”傅强接过风景手里的合照相框，轻轻地放回桌上。美丽雅致的相框啊，多像一个神奇的魔环，将安安最美好的一刹那，永远定格在这一家人的心间，永恒珍藏！

“这倒是，强子，你的做法总是这么明智。这就是为什么每次我遇到问题，总会第一时间来找你帮忙的原因。”风景完全认同傅强的观念。

“你还好意思说呢，明明没长翅膀，模样嘛，也差强人意，却偏偏要做天使的事情，说吧，你今天光临此地是为了这只犬吧？每次来都十万火急的，哎，我说你跟这只犬有仇啊？！把一只公犬的头用纱布包裹成这个样子啊！下次找个机会非得带你去心理科看看，难怪这么久的时间，给你多少次机会，你都没能成功拿下我这个帅哥呢，其实吧，让我爱上你也不难，就只需要一招即可，那就是，对我好就可以啦！”傅强起身将脸凑近了风景。

很明显，傅强这是话里有话啊。看风景懵懂的表情就知道，她爱你才怪呢，估计是你这个自以为是、不知天高地厚的家伙暗恋风景才对吧。风小星思忖不语，它此刻一眼便看透了傅强的心思。

“可恶，你才有心理疾病呢！强子，你到底是给宠物看病？还是给人看病？”风景反驳了一句。

“没错，我呢，是给动物看病，但也是在看人。医治了无数只宠物，也看遍了形形色色的人。整体来说，愿意与动物亲近的人，大都是好人。你呢，就是好人堆里最没脑子的那一位，还真是让人不省心呢。”傅强冷嘲热讽的话语，颇有几分深意，但似乎让风景更加不满意了。

“我脑子好使着呢。告诉你，我又升职加薪啦，现在是高级主管，这距离我的梦想又近了一步，改天请你吃大餐。”风景一提好吃的，就眉飞色舞，精神了起来。

“OK，女汉子。这个吉祥物我先检查治疗，它的故事，你全数讲给我听！”傅强一边说，一边小心翼翼地接过风景怀里的风小星。

“强子，你像这样子，随便看两眼，就看出它生病了！你真是火眼金睛呀！告诉你吧，它不叫吉祥物，它叫风小星，星空的星。这是我偶然捡到的一条流浪狗，我收养了它。当初捡到风小星的时候，它也不是现在这个样子，是后来……”风景说到这里，算是说不下去了，风小星从小沙皮一夜变身成小泰迪，这事儿玄乎，太匪夷所思，无凭无据的，兴许会给“毒舌妇”的治疗计划添乱，他把我直接送零陵路600号精神卫生中心也说不定呢。算了，先给风小星看病要紧，其他的事情今后再找机会说与他听也不迟。想到这些，风景接着说道：“后来我给它洗澡，不小心把它给烫伤了，我给它擦药膏包扎，给它吃狗粮，吃冰激凌，给它做犬舍，再后来我就睡着了，反正今早起来，它就俨然成了我完全不认识的模样了，它也没在犬舍小窝里睡觉，竟然趴在我家窗台大理石台子上呼呼大睡，后来，我家地面上有好些巧克力，我也不是要给它吃的，结果没承想，全都进了它的肚了，再后来，无意间看到它的粪便，才觉得它可能是生病了，屎尿混在一起竟然有些稀汤，当然我是拿不准的，所以还是赶紧带上它来找你。”风景一口气把她能说明白的来龙去脉一股脑儿地全倒给傅强。

傅强一边听风景说话，一边在为风小星做各种检查，他先观察风小星的精神情况，是否有精神？是否活泼或者呕吐发烧？对外界的反应是否正常？姿态有无异常？运动时是否跛行？是否步态蹒跚或者是否有肢体麻痹等症状。再查看眼鼻口腔是否有异常？肛门是否发炎红肿或溃烂？皮毛是否脱落？皮肤弹性强度如何？是否有皮疹、水疱、痂皮和溃疡？

全套检查结束后，傅强对手中单据结果颇感意外。但他没有停止怼人模式，一如既往的思维活跃、伶牙俐齿。只见他说：“刚才我在忙，现在开始答疑解惑。首先，景，火眼金睛的那是猴儿，你有见过高颜值、帅气如我的猴儿吗？还有，那猴子得多大年纪才能活到现在？估计金箍棒也早就变成大拐杖了。别忘了，我们年纪相仿，你是想说你自己已经一把年纪，风烛残年了吗？还有就是，拍马屁是你最欠缺的天赋。形容词用得像是你从未用过智能手机似的，不知道怎么用成语，你还不会搜索查询吗？另外，犬，它是否生病？在检查前，我是不可能未卜先知的。哎，从成长发育前就认识你，到你现在胖成个球，却还是很难见到你。每次见面，你不是在帮人就是在救动物。有时候我是真想烧个高香，求个贵人什么的，赶紧托梦给你来拯救一下数年来难以自拔的我呢，就好像今早出门忽然间想你了，结果你现在就出现啦，你说这只泰迪犬，它是不是我的吉祥物？！”

傅强的一番话怼得真诚且诙谐，这让风景哑口无言。

“对了，你刚才说什么？你给它吃冰激凌了，还让它在现在这个天气里，睡大理石台子，它还吃了要命的巧克力！风景，你是好心收养还是想做刽子手啊？！你不知道冰激凌以及睡冰凉地面都容易让犬拉肚子吗？还有这巧克力，对于犬来说，那简直就是鹤顶红啊，如果不及时解毒，它真的会死的！”傅强疾言厉色地说道。

“啥？咒我死在这里！我可感觉好着的呢！可恶的毒舌妇！看你一眼，本主儿就已经很不顺眼了！听你说话，我都快炸毛，七窍生烟了呢！”傅强的话在风小星听来，那是句句都听得不爽，只见风小星腾地一下从检查床上翻身站立起来，它把头探出来，睨傅医生一眼，发出两声低语似的咆哮声，似乎在警告着眼前的这个冷峻帅哥。

风景此刻没有留意到风小星生气、愤怒的情绪。“啊，你说什么？小星星可能会死掉！天哪，我不知道事情会变成这样的，我发誓！都说贪心会害人，这下我是真的知错了，强子，请你一定要救救它，错的人是我，它不应该因为别人的过错而失去宝贵的性命。如果小星星死了，我会愧疚一辈子的！”风景从未想到事情会演变到如此糟糕的地步，她大惊失色，想到自己一时的贪念，竟然会有害死风小星的可能，风景感到无比的后悔与内疚，在她看来，万恶的金钱果然会蒙蔽双眼，为什么那时候的自己非要硬逼着风小星展示超能力，去大变金子呢？她想筹钱也是为了能早日建立公益中心，改善老年人生活品质，其目的是珍爱生命，关爱生命的。可是，如果更多财富的获取是需要用风小星豁出性命去换回，那她是不论如何都不会接受的！因为再多的钱也无法比一个鲜活的生命更宝贵啊！此时的她除了紧紧抓着傅强的胳膊哀求之外，似乎没有更好的办法了。

“哎呀，景，知错能改，有病就治。我又没说你家小星星现在就没得治了，你哭得这么难看是准备发短视频博流量吗？又或者你以为知错能改，你们家的犬从此就能长命百岁啦？这样一只犬你会如此上心，它的存在还真是让人羡慕呢。你说我对宠物比对人好，你自己何尝不是这样呢，大活人站在你面前，却从未被你在意过。喂，爱哭鬼，放心，你的星星死不了，它身体健康，就差万事如意了。明明是只犬，偏偏取名什么‘猩猩’（谐音星星），以为自己是猴子的亲戚吗？”傅强说完，故意做出大猩猩的招牌动作，先捶捶自己的胸脯，又拍拍风景的肩膀，高冷画风的傅强此刻表现得幽默滑稽，引得风景破涕为笑，难过紧张的情绪顿时消散。

“可恶，毒舌妇，就知道你是故意气我，埋汰我呢，再说，我哪有胖成球啊？！这叫微胖，好吧，和现在流行的微整形是同一个‘微’字，就是胖得刚刚好的意思，你明白？！这次不和你计较，你刚才说我的风小星它是健康的，身体没病？”风景简直不敢相信自己的耳朵，于是又问了一遍。

“是的，是的，它没病，好着呢！美丽的复读机小姐，请不要再重复提问了，好吗？它真是一条神奇的犬啊！”说完，傅强医生若有所思地望着风小星。

“啊，强子，你也看出它神奇了吧？”听完傅强的评价，风景赶忙附和了一句。她以为傅强也发现了风小星是如此不同寻常。她期盼着能从傅强这里得到更多的证明与支持，于是瞪圆眼睛对傅强接着说：“喂，傅大院长，你这里是不是有，像给人看病的那种，走进去‘哔’一声就发光，然后把人从脚到头，从里到外，每一寸皮肤毛孔，五脏六腑都能定住，看个透彻，看个明明白白的那个……射线啊，就是那种能穿墙的？也给我家的小星星扫描一下嘛，说不定能有神奇的发现哦！”说完，风景手舞足蹈比画着。

看着风景这番活像幼稚、低能儿的提问与举动。傅强真是无语了。只见，他叹了一口气，恢复冷冰冰、犀利的口吻说道：“哎！能穿墙？！你还要打洞吗！你那脑袋不用打洞都看得出里面装的都是水呢？都说女人是水做的，我看你是纯净水做的，啥也没有，科普知识都被快速溶解，早就新陈代谢掉了吧！”

听傅强医生这样的评论，蹲站在检查床的风小星第一次感觉这个白衣酷男简直就是一语中的。“说得太对了，自己明明没生病，竟被风景看走眼，误以为生病带到医院来救命，这个地方人类的流行语‘脑袋里进水了’可不就是用来形容风景的嘛。兄弟，你说得太对了，太懂我了！”想到这儿，风小星十分激动与开心，只见，它对着傅强发出两声尖锐短促的吠叫。

“看看，你家的风小星都在赞同我说的话呢！”傅强院长不愧是宠物名医，对于宠物的行为他是很有研究的，眼前这一刻，风小星的反应，他就看懂了，这友善的叫声分明是在和自己打招呼，表示着愉快与认同。

“喂，毒舌妇你胡说！自己说话难听还带上我们家小星，真是太可恶了！你再不说句好听的，我再也不理你啦！”风景气呼呼地说道，只见她咬着嘴唇，瞪圆眼睛，做咬牙切齿状，怒目相对。

傅强并无意惹风景生气，于是，只好假装服软说道：“好的，好的，我真是怕了你，这一招儿还回回都管用。听好了，那叫X光室。宠物医院这里一楼尽头也有的。”说到这里，傅强顿了一下，他认真瞥了一眼风景那气鼓鼓的脸，慢条斯理地继续说道：“你家风小星没必要进行X光检查。我说它神奇，是因为你先前有说它是你最近刚捡到的一条流浪狗，可是，流浪狗常见的病症它身上是一种也没有，你说是不是很神奇？各项指标都显示它是一条生命力朝气蓬勃的健康犬。这就是它的神奇！不过你可别想偏了，难不成你那筹款建中心的梦，还想指着这只胖嘟嘟的小泰迪啊？你不会真幻想着它身体里还住着一只机器猫或者美人鱼什么的吧？！跟你说，泰迪的智商最多相当于3到5岁的小孩儿，梦想成真还是靠自己吧，好歹你也一把年纪，智商总比孩童高那么一丢丢儿吧。哦，景。”傅强这好话果然是说不到两句，尖酸刻薄的“怼人”模式就又来了。

傅强的话是不中听。可是也没承想自己的那点小心思，竟被冷眼旁观的傅强给胡言乱语地说中了。风景站在那里，反思，傅强他说得没错啊。我自己还真是起了贪念，逼着风小星发挥超能力，大变金子。只是现如今，在经历了医院之行后，风景已经彻底想通了，现在的风小星会不会变金子已经不重要了，它是否具有超能力也不重要了，重要的是它能健康地活着，能和自己在一起，这样就足够了。因为这才是当初自己收养它的目的，给它一个家，让它好好地活着。风景“唰”的一记冷眼射向傅强，想让他立马住嘴。此时的风景被傅强说得真是哑口无言，尴尬以对，她只能撇撇嘴巴。

见风景不语，神情落寞，傅强转言安慰:“喂，景，我知道你没有坏心眼儿，毒舌妇的话可能说重了些，你别在意。如果不放心，等会留下风小星在医院观察个把小时再带回去也是可以的。我估计风小星误食的也不是真正的巧克力吧，喂，你那憨憨的大脑袋是不是为了省钱，又在网上购买山寨货、三无产品啦？！”在傅强眼中，这个长相一般、模样憨憨的女孩不论做什么都好特别，很可爱，就好像风景的灵动与跳脱只有自己能理解与欣赏。风景那令人着迷的美好光芒深深吸引着自己，令自己的视线在当年学校见到的第一天起就再也无法移开。不论何时何地，只要她出现，自己总能第一眼认出她，心情就会变得无比愉悦。这大概就是人们常说的缘分吧。在外求学多年，相思不忘，即便回来后，自己还是会忍不住选择留在有她的城市，守护着她。自己对风景的这份情谊远远超出地久天长的友谊，更多的是什么？是一往情深、鬼使神差，还是海枯石烂？傅强曾在书桌前一边看着与风景的合照，一边反复思考，但始终没有答案。他唯一知道的是，他——傅强不要做捅破窗户纸的那个人，面对风景，他甘愿“生有热烈，藏与俗常”，就像古诗里写的那样“桃花潭水深千尺”以及“一片冰心在玉壶”，一切顺其自然就好。

“呀，强子，你还在拿我打趣哪！不过，其实你没说错，该检讨的人的确是我。既然风小星没病，我等下带它到你们院子后面，去见见你收养的那七只犬、两只猫，好吗？我有带见面礼物啊，好吃的宠物粮食！同样是被遗弃，大部分身体都有残缺或者疾病，可是这些动物因为是你捡回来收养的，从而获得了重生，现在都活得很好。风小星应该会很开心认识这些小伙伴的。”风景一边抱起检查床上的风小星，一边朝诊疗室门口走去。

“好啊，这下九宝可欢喜雀跃了，既有免费大餐吃，又有新朋友可以相识。热烈欢迎啊！”说完，傅强院长迎了上去，正要一起出门。

“九宝”是这七只犬和两只猫组合团队的名字，傅强给起的。

这时，楼下大厅飘来了悠扬的音乐和动人的歌声，不少前来宠物医院的宠物主人驻足观看聆听。工作人员从身旁经过，注意到风景旁边的傅强，于是低声打招呼：“傅院长，楼下仪式快开始了，我们先过去帮忙。”话音刚落，几人就匆匆下楼去晚安室了。

“好！”傅强院长郑重回应了一句。在他看来，晚安室里现在进行的事情非常重要，绝不容许怠慢与拖延。

“强子院长，我们也去那里看一下吧。”说完，风景拉着傅强大步朝晚安室走去。

晚安室是这家社区宠物医院专设的一个免费告别场

所，在这里，宠物主人可以与刚刚离世的爱宠做最后的话别。今天，18 岁的中华田园犬“豆丁”永远地离开了它的主人胡奇。多年前，“豆丁”还只是大马路上的一只流浪的小奶狗，那时的它被金属物划伤，大冬天倒在地上，奄奄一息，是胡奇碰巧路过，捡到了，带它回家。豆丁陪着胡奇，度过了少年时光和青年时代，可爱的豆丁甚至是胡奇结婚的见证！在胡奇的眼中，豆丁不单是他的收养的一只普通犬，也是和他在一起生活的家人。

现在这间晚安室里放置了一个长桌子，桌面铺着洁白的布，工作人员在桌子的边上安放了短短的白色蜡烛，蜡烛燃放出温暖的光，豆丁安静地侧躺在白花中间。胡奇俯下身体，双手合十，轻柔地给了“豆丁”一个晚安吻。“谢谢你，豆丁，这些年一直陪伴在我身边。谢谢你，来到我的生活里，给了我全部的爱与信赖，我会和家人们好好生活，你也会永远和我的记忆在一起，永不分开。也希望今天的告白能给现在的你以慰藉。晚安了，我的豆丁！”伴随着一首歌曲播放完毕，告别流程顺利完成。整个仪式简洁又温暖。宠物主人在这里完成了与心爱宠物的最后话别，从一开始看到宠物离世的泣不成声，然后，随着自己话语的宣泄，不再感到痛彻心扉，也不再强留遗憾，转而慢慢地试着去接受，最后，当走出晚安室的时候，绝大多数的宠物主人都能感觉出内心轻快了许多，情绪上也得到了最大限度地缓和与平复，真的可以放下心里的忧郁与难过。

站在门口一直观望的风景此刻触景生情，感同身受。她低头看看怀里的风小星，轻轻抚摸着它的头。她忽然想到，也许将来自己也会面临亲手送走小星星的那一天。若那天来临之际，自己能控制好情绪，保证不痛哭吗？看着眼前这个虎背熊腰、五大三粗的爷们儿在大庭广众之下，难掩伤心之情，痛哭流涕，风景竟然也无法给出肯定的答案了。她只是觉得自己的心态现在变得不一样了，她不再专注风小星的神奇，而是暗暗做了一个决定，那就是，无所谓它是谁，也无所谓它能留在自己身边多久，只要它这个小小的生命能够好好地活就足够了，哪怕有一天它会离开自己。

怀里的风小星此刻也没有闲着，平日里的它最喜欢看热闹。现在有情景剧现场观摩，它可是饶有兴致的。要知道风小星一直可都是很有见识的犬，去过那么些国家与地方，商场门口的大电视播放的新闻和电视剧，它可都有很认真地看过。只是眼前这个真实的场景事关死别，内容伤感，也颇为沉重。风小星思忖，这个名叫胡奇的胖子嘴里说的“爱与信赖”，那究竟是个什么东西呢？听起来竟然有一种神奇般美好的感动啊。风小星一边悠然地内心感叹，一边发觉自己的头在风景抚摸下感到甚是亲切，于是它微微挪动了一下身体，让自己趴地更低些，方便风景温暖的手可以触摸到它神经敏感的耳朵。只见风景的掌心轻柔地从风小星的额头处开始缓慢往后，细长白皙的手指缓缓分开，顺势从风小星的耳根滑过，再轻揉两下，脖颈处再被风景的手指微微拍打几下。这让风小星感到无比放松，舒服，这种友好的鼓励让风小星很受用。它正陶醉于此。

看着此刻从晚安室里走出来的胡奇，脚步越来越轻松，身影渐行渐远，风景用胳膊肘碰了一下身旁的傅强，好奇地问："这个晚安室是你的想法吧。喂，你是怎么想到在寸土寸金的上海医院大楼里搞出这样一个别出心裁的免费项目？很像情感疗愈，看起来这实际效果不错啊！"

傅强意味深长地说："是我的第一只小白猫傅安安，它的离世启发了我。其实从饲养宠物开始的那天起，每一位宠物主人就得做好离别的准备。做兽医越久越会发现，很多时候给宠物续命，强留它们在人间，无非是在给主人找更多的时间去适应和接受它的离开而已。没有时间去给这些宠物好好地告别，也许才会让人生一直感到遗憾而无法放下吧。"

"嗯，你说得对，换成是我遇到离别的话，应该也是害怕自己还没来得及好好告别，就再也看不见对方了，那种绝望的思念应该是一种难以想象的折磨，会让人长久地无法摆脱吧！"风景十分赞同傅强的话。

两人聊天的片刻，晚安室已被手脚麻利的工作人员收拾妥当，恢复原状了。白蜡烛已燃尽，大厅里悠扬的音乐已结束，人潮里的忧郁与难过很快便随之烟消云散了。

对于我们寻常人来说，一句“谢谢你陪我”，陪伴着走过那些一个人的孤单。人与宠物之间的爱到底是什么呢？医治了无数只宠物的专业医生好像也没有办法说清楚。离别本就是人生当中最为艰难的修行，不管是生离，还是死别，明明知道离别很痛苦，却还是阻挡不了人与宠物之间的牵挂与惦念。或许，珍惜相处的时光，不轻易放弃，也不强行挽留，这才是不负彼此今生一场相伴吧！

第六章
“九宝”之家　爱的抱抱

“小星星，漂亮的神仙姐姐还有‘兽面人心’的大帅哥现在就带着你去找新朋友玩了。走，请傅大院长前面带路，出发！”风景一边继续轻轻抚摸着风小星的头，一边笑逐颜开、歪头调皮地对着傅强发号施令。

“就知道你又拿我打趣说笑了。‘兽面人心’你还不如直接说我人面兽心，只喜欢小动物呢，真是拿你没办法，走，我这就带你们去！”傅强大步流星地朝医院后门走去。

“漂亮的神仙姐姐，这是自己表扬自己吗？这个风景微胖的身材，圆圆的脸庞，我的狗眼是瞎了吗？为何会从第一眼起，我就觉得看着竟是那样舒服，哎！可要换成这个时代普通大众的审美观：纤瘦小 V 网红脸，她这马马虎虎的长相能算不丑就已然不错了，她是哪里来的自信，会感觉自己漂亮？还神仙姐姐，哪有人把自己的年龄闭着眼睛硬往小姐姐队伍里塞的。这乱插队没人管吗？”想到风景一贯如此大言不惭，风小星也貌似逐渐习惯，它此刻也只是想做到一只犬该有的本分即可，其他事情如果与自己并无利害无关的，便可高高挂起，听之任之了！再说这个风景除了有时候笨手笨脚，脑子短路，其实她心地挺好的，待自己也还不错，起码现在风小星就在风景的抚摸中深感陶醉。

风景抱着风小星紧跟其后来到社区医院后门，推门而出，放眼望去，这里果真别有洞天！首先映入眼帘的便是一大片碧绿色的草坪，听傅强介绍，这里是给动物用来运动的草坪区，远处靠左边的是犬舍，中间是隔离区，右边的是猫舍。绿草茵茵的地面上铺有一条石板路通向前方，犬舍、猫舍的面积都不小，它们与医院大楼背面正相对，位于川柳河畔，草坪与犬舍猫舍的周围都围着黑色铁艺围栏还有高围墙，隔音很好，并不扰民，安静安全且防偷盗。宽阔的柏油道路在左右两边与之接壤，道路边上的树四季常绿，绿树成行。顺着石板路向左走到犬舍，停下来仔细瞧，青色瓦铺就坡屋顶，棕色墙砖，地面铺着白色瓷砖。向右走到猫舍，一般的民用房大小，外墙也是棕色，里面原木色设计，墙面、地面都是白色瓷砖，里面场地也很宽敞，放置有三层大猫柜，不远处还放置多个高矮不同的猫爬架。犬舍、猫舍通光通风，卫生条件良好，和这个碧绿草坪院落点缀在一起，显得端庄精雅，使人精神为之一振，人们对犬舍、猫舍环境营造的细心，由此可见一斑。

“九宝”此时正在草坪上恣意玩耍，要说在以前的常识里，猫和犬也算是天敌，但这七只犬和两只猫随着傅强把它们一一捡回来收养，治疗顽疾，令它们重新康复痊愈，相处久了，这些猫猫狗狗反而因此成为相“杀”相爱的一家人了。在这里，猫咪们以往的野性似乎消失了，性格变得十分调皮可爱。有时猫咪会故意招惹一下狗，见到这些犬就欢快得撵扑上去，轻咬着狗的耳朵，玩着狗的尾巴，狗狗有时也会悄悄偷袭，趁着猫咪睡着后，去咬玩猫咪的耳朵，这里的猫狗相互打闹玩耍，但不会彼此真的伤害。或许它们相互之间的打闹是粗鲁了些，有时候看起来狗会被猫咪“欺负”了，但是，实际上这里的猫咪对狗也是极好的，平时自己的小零食也都会和这里的狗狗们一起分享。一旦去外面或者有陌生动物突然出现，它们还是会拿出“护犊子”的果敢，绝不允许别人欺负自家的小玩伴。以前就知道，良好的犬舍、猫舍环境确实能构成一个舒适的家，这话也没有说错，但是能让这些犬舍、猫舍格外有生气的，不似别处空旷与寂寞的，却着实是因为这里的小动物们能够和谐相处啊！

看到心爱的主人傅强远远走来，还带着朋友风景与风小星。“九宝”开心坏了，它们奔跑过来，围着主人和这些伙伴，被风景放在地上的风小星和这些刚认识的动物朋友彼此之间充满了好奇，它们相互瞅瞅，再跟过去非要蹭下其他犬的头，或者冷不丁地凑过去闻闻这个，嗅嗅那个，再都相互摇着尾巴，接着，彼此相互间吠叫几声，打着招呼。风小星的社交手段果然了得是在以往走南闯北，漫漫路途中给磨炼出来了呀，它很快就和“九宝”队伍里的七只犬熟络了起来。那两只猫咪显得有些冷静，只见它俩默默地站在一旁，不远不近，观察着这边热闹的场景。那独特的高冷范儿还颇为神似傅强医生观察人时的表情呢，仿佛只要此刻小卷毛风小星一旦做出危害七只狗狗举动的话，那么它俩作为猫武士必将一拥而上，立马击退拿下这个新兵蛋子。很快，它俩儿感受到它们的小玩伴似乎都很喜欢这个小卷毛，于是，放下心来，不再戒备，懒散地踱步到一旁恬静地趴下晒太阳。冬日下午夕阳西下，傅强、风景和这些猫猫狗狗，还有风小星在草坪上留下了长长的、你追我逐的、相互玩耍的身影。这是一幅多么和谐的景象，它生动诠释着人类和动物之间的和谐，也诠释着动物和大自然之间的无比和谐。

已是黄昏时刻，回头望去，院落沐浴在傍晚金色的阳光中，更是增添了几分美丽。风小星今天在这里的收获颇丰，它不仅认识了新伙伴，还与这些热情的小动物玩耍交流，而且它从“九宝”话语中得知了一个惊天大秘密：爱心主人傅强旁边的这位风景姑娘，可是一位常来看它们的老熟人啦，她的善良、爱心深得这些小动物的喜欢。傅强暗恋风景很久了，可就是不曾表白。“九宝”它们多想能帮着主人去打动风景姑娘的芳心，去撮合这对俊男靓女能够佳偶天成呀。可惜身为小动物，能做的事情实在是太有限了，它们无法让风景明白心意。现在的风小星对傅强的印象不仅大有改观，而且似乎还越来越有好感了。它甚至在想，身为犬的寿命毕竟是十分有限的，又或者倘若有一天自己想起身世，无法停留，必须离去时，最合适长久陪伴风景，并给她带去快乐的那个人，应该非傅强莫属！风景啊，你这个脑子不太聪明的憨女孩，是需要让多少动物为之操心啊！爱屋及乌，成人之美，对于我风小星来说，这有何难。此事虽非我所愿，但理应帮忙，那么就包在我身上吧。风小星内心感叹：谢谢你们，可爱的“九宝”，我还会再来的！风景，谢谢你的善良给了我前所未有的爱护与快乐，我愿长留于此，与你相守，倘若命运使然，从此没有我，我甘愿在人间找个天使，替我守护你！

是啊，爱在我们生活里无处不在，父母的疼爱、朋友之间的友爱，还有来自陌生人对我们的关爱、男女情爱，等等，它都是基于关心、责任、尊重与了解之后的一种存在。爱超出种族、物种的界限，人世间到处都充满着爱的笑声与足迹，是爱让我们每个人更加美好！

第七章
社区书店购新书　工会街道扶困户

社区书店是风景每天回家的必经之路。今晚她抱着风小星走到这里，留意到书店尚未打烊，于是推门而入，柜台就在店门左手边。

店主是一位退了休的报社编辑，刚满七十岁，此人姓方，个子高高的，身材微胖，但似乎又没觉得他身上有什么赘肉。方阿叔一头灰白发梳得整齐，眉毛粗粗的，眼睛炯炯有神，他双眼皮儿，圆圆的白净脸庞，鼻梁上架着一副黑色框架眼镜，看起来很有学问的样子。身上的修身棉夹克，每粒扣子都扣合整齐，身穿黑色西裤，看起来精神抖擞。此刻，他坐在柜台后，银色外壳的笔记本电脑开着，旁边搁着一个小小的白色写字板。只见他一只手握着电子手写笔，另一手托腮，看着眼前的电脑屏幕，眉头紧锁，冥思苦想。看到有客人进店，他抬头瞥了一眼，然后面带笑容地打招呼:“风景，今天又过来买书啊？最近店里新进一批书，就在那前面，你选好，同我讲一下，我给你打折，最低价！买书还送白玉兰书签啊！”店主的声音浑厚，很有感染力。

“方阿叔，这太好了呀，每回买书有你在，总能帮我省下不少大洋呢。社区爱心书屋，这名字真没取错。您老有一颗金子般的心啊！”风景牵着风小星一边和店主唠嗑，一边随手翻阅着书架上陈列着的新书。

“哈哈，我这颗小心脏要真是一枚大金子的话，那就发大财了！不行了，人老了，这赚大钱、发大财的活儿还得是你们年轻人有干劲儿呀，你们头脑灵活。这书店小铺，也只为了填补我这点爱书的嗜好罢了，不为发财。现在能再多些年轻人看纸质书、买纸质书，少打游戏、少购物，比啥都强。我就老欢喜了。”店主方阿叔心情愉悦地说，显得神采奕奕。

“您才不老呢。您写的点评文章还跟以前一样真实犀利，甚至火候更劲。都是反映社会当下民风民事的热点话题。别忘了您那‘五十万+’的自媒体平台的流量，可不是一般写手能企及的，我可是您的忠实粉丝，是需要多向您学习致敬的。”说罢，风景随手拿起一本书，翻看扉页。她心想，这个方阿叔的知识才华得积累到什么程度，才能对“人生一辈子追求的财富与兴趣到底孰轻孰重”这个问题看得这样通透，守静如一，安之若素，真是一位智慧自在的老人，不由心生佩服。

“说我写的东西还能入得了你们年轻人的眼、年轻人的心，这我听了可是老开心了。哎呀，跟你聊上一会儿，我已经想到自己下篇稿子要写的主题啦，谢谢你呀，风景，我的灵感回来啦！”说罢，方阿叔兴高采烈地坐下，低头凝神，奋笔疾书，不再话语，仿佛此刻在这片空间里就只有他一人似的。

风景站在书店刚到货的新书面前，左看看，右摸摸，“哎呀，今天该带走哪一本有趣的书回家呢？”风景拿不定主意，喃喃低语。

风小星因被牵引绳拽着，所以跑不远。此刻，风小星正摇晃着它那毛茸茸的小短尾，先是亲昵地在风景脚边蹭来蹭去的，然后又在主人周围的柜边这里嗅嗅，那里瞅瞅。它有听到风景的自言自语。原来主人是要在这书店里挑选一本书带回家呀，这有何难，我是最在行的啦！想到这儿，风小星屁颠屁颠地走到柜子前，它把小脑袋凑上去仔细看着这些排列整齐的书，每本新书的封面与封底都被它用眼光扫了一遍，然后它毫不犹豫地叼起一本书走了回来，放在风景面前的地上。

风景低头一看，一本书落在自己的脚边。于是俯身，拾起它。“小星星，这本书，你是要我买下它？”风景试探性地问了一句。

风小星听闻，立刻做出回应。只见它抬起前腿，成站立状态，仿佛是在点头作揖，动作滑稽可爱，嘴里不时开心地“汪汪”叫上两声。

好吧，神奇狗狗推荐的书，我倒是要好好看看这本书，它的内容该是有多么神奇呢！就它啦！想到这里，风景拿定主意，她转过身，朝柜台方向喊了一嗓子：“方阿叔！我就要这一本！”

此时坐在柜台后面的方阿叔赶忙起身，扶了扶眼镜，定睛一看，书名在书店灯光的映衬下赫然醒目：《火星生命前往须知》。

周末两天总是过得特别快，转眼到了工作日，周一到周五，弹性工作制，上午八点半到下午五点半，或者上午九点半到下午六点半，风景工作单位距离家有些远，但好在这个城市的公共交通特别方便，在每个工作日里，风景早晨六点半起床，洗漱，整理床铺，浇花，给风小星的自动加食器里备足一天的口粮和水，带小狗遛弯四十分钟，吃完简单早餐：牛奶和面包后，换好通勤装，有时会捎带拎上前一天家里的垃圾袋，八点钟准时出门。倒完垃圾，洗手，再出小区门去坐地铁，地铁就在小区边上，甚是方便。到站下车出地铁站，然后随便在路边找一辆共享单车骑到公司大厦下面，到了公司大厦一楼手机打卡登记上班时间，再坐电梯到26楼进入公司，开始一天的工作，每当工作台前的电脑显示器打开，抬头一看屏幕右下角时间显示：八点四十五分，繁忙的工作算准时开始了。

这一天，风景上午开会忙到11点钟从会议室里走出来。迎面遇到了Nacy（南希），她是面料部的经理，也是公司工会委员会的主席，名叫廖红。今年五十岁，中等个子，身材匀称，齐耳短发，圆脸，细细的眉毛，高高的鼻梁，双眼皮儿，戴个眼镜，眼睛很有神，口红颜色自然而不浓烈，脚穿中跟儿黑色皮鞋，身穿得体的深色职业套裙，显得干练又不失优雅。此时的她手持一份文件，正洋溢着热情温和的笑容对风景说："Jessica（杰西卡），我正要找你呢。街道工会这边发了一份文件过来，春节临近，和往年一样，需要我们公司工会和街道办一起走访帮扶的困难家庭。"

"Nacy，这事我记得，帮扶物资工会都已备好了。您就放心吧。一切就绪，保证不误事！"风景主动向廖红主席简单汇报了一下工会的具体工作。

"你办事，我放心！我临时需要去一趟宁波面料厂，现在就得出发。面料厂那边已再三打电话来催了，咱们研发生产的面料#ED009，工厂试产了少许，发现原先既定的工艺慢而且比较容易出现面料布疵问题，他们自己的技术员提议改进一下工艺，说是改良后的面料预计大批量生产的话，品质方面将会得到大大的改善，并且面料产量也将会有所提高，工厂需要我们马上派人过去一趟，实地检查并且马上拍板生产。所以，这个代表公司工会去特困户家送温暖的事儿，时间上我是无法按时赶回来参加了，这次公司就安排你负责前往。你作为公司工会经审委员和女工委员责无旁贷呀！记得和往年一样，把公司扶贫的困难家庭实际状况都记录下来，看往年通过我们的帮扶工作后，困难户家庭都改善了哪些实际状况？同时，还有哪些困难是需要我们去协助解决的？当然也可以从一同前往的街道干事那边多了解一些情况，毕竟经常走家访户且与这些家庭打交道最多的就是这些社区干部，他们是为基层老百姓服务的，非常熟悉状况，要多听、多看、多记，回头，我们工会再找时间一起讨论一下，想办法加以落实，你看这样如何？”廖红利落地把新工作安排妥当了。

“#ED009 面料是 BA 客人的货，时间确实紧迫，估计再有 20 天工厂工人就会陆续放假，回家过春节了，到那个时候如果货做不出来，恐怕就得加班生产，估计也找不到人做事的，需要现在就加速生产啊！如果有需要联系国外客户的任务，您可以告诉我，我会立马去和客户沟通的，下午的街道扶贫帮困，请放心！我保证完成任务！”说完，风景学电影里的经典动作，先稍息立正，再挺胸举手敬个礼，那模样直接逗乐了廖红。

下午四点钟，街道于枫干事与风景准时从大厦一楼出发，前往特困户刘德宝的家。刘德宝是一位下岗工人，妻子生前常年生病，三年前妻子去世后，刘德宝就和他父母还有他的儿子一家四口三代同堂居住至今。房子在一楼，家庭人均面积低于15平方米，风景和于干事还没到达的时候，刘德宝和他的儿子就已经早早地等在了家门口，他们的脸上洋溢着笑容。

“爸爸！于阿姨、风阿姨她们人到了呢！”儿子刘泽眼力好，隔着老远就看见两位阿姨了。说罢，刘泽一溜烟儿地跑过去迎接。没多一会儿，三人有说有笑地走到了刘家门口。

“于老师，风老师，你们好！欢迎，欢迎！”说着，刘德宝上前几步，热情地与于干事、风景握手。

“刘师傅，你好呀，这么久不见，你呀，都疏远了呢，不是说过了嘛，不用特意在家门口等，我们人到了，自然就会联系你们的，怎么还要小泽这么冷的天气跑出来迎接呀！”说完，社区于干事有些心疼地抚摸着刘泽的头。

“这孩子和你们亲近，他知道你们今天会过来，高兴坏了，这不，下午最后一节自习课说啥都要请假回来见你们呀。刚才，你们就在弄堂口冒了个头，小泽这小子一眼就看到了，等我反应过来时，他自己都跑好远啦！”刘德宝个子不高，有很多白头发，古铜色的脸庞，脸上那深深的皱纹似乎和他那五十不到的年龄不太相称，两对眉毛又粗又黑的，此刻他正在憨厚地挠头解释着。

“于老师、风老师，你们快进来坐着聊，外面天冷！”刘德宝八十多岁的老母亲，听到门口有说话声，于是躬着腰，拄着拐杖，步履蹒跚地走出来，招呼着大家进屋聊。刘家阿婆身材有些消瘦，银白色的头发被梳理得很是整齐，没有一丝凌乱，眼窝微微下陷，饱经风霜的脸上，刻满了岁月留下的皱纹，一双温和的眼睛总是闪烁着慈祥的光芒。

老刘家，风景代表公司工会过来走访探望，这已经是第三个年头了。刘家现在的情况明显是比第一年改善了许多，电视机、电冰箱、空调陆续都添置上了，像洗衣机等其他小家电也都换新的了。家里的大小物件儿都被收拾得井井有条，都被擦拭得干干净净。

“好整洁的家啊，刘家阿婆，估计您儿子的这双粗手可是做不到的，大概是亲孙子小泽收拾整理的吧？”风景慢慢搀扶着老人坐下，语言幽默诙谐。

“哈哈，是呀，是呀，我的孙儿小泽聪明能干，家里每天干干净净，我看着也老欢喜，老适意的。你们看呀，那些花也都是他种植的，现在我们有空也帮着浇水呢。小花小草都长得老好看呀。我这头发都是小泽给梳理的，老好看呀！”刘家阿婆一提起她的宝贝孙子刘泽，眼神里就泛着光彩，脸上洋溢着笑容，就连脸色也因为愉悦而变成了红茶色，发着亮，神采奕奕，说话乐滋滋的。

“真好看，阿婆，小泽给您梳理的这个头发比那些绿植花草的精气神儿还要足，还要有风采呢。您真是好福气啊，孩子们都很孝顺呢。”风景真心实意地赞美。不知为何，此时的她竟然会想到自己的父亲，如果父亲没有因病去世，如果能够多活一些年头的话，也该会像这样子，能够多安享些清福吧，这种来自子女长久的照顾与关爱让老人们感到多么的幸福啊。

真的是要感谢政府，感谢你们公司，感谢街道，感谢你们啊，风老师、于老师，你们是不知道，我最近刚刚接到市里住房保障单位同志的电话，他说我们家的经济适用房申请的批准通知下来了，房子嘛也带着我们一起去看过了，是楼房，三楼，房子老大了，以后我家小泽看书学习就能有自己的独立房间了，再不用和我们挤在一起了。等明年收拾完搬进去，就请各位老师都到新家里去坐坐。”此刻，正说话的刘师傅显得有些激动哽咽，他笑盈盈的，感觉连头上都冒着热气，鼻子尖上、眼角上缀着几粒不知是泪水还是汗珠，整个人此刻显得格外精神抖擞，充满希望。

“这个消息真是太好了！刘师傅，现在你也再聘上岗，当上保安，两位老人身体健康，能自理，你家小泽功课好，家里吃的、用的也都在逐渐改善，房子问题也落实了，老刘家更加幸福美好的生活还在后头呢。想想看，当初您爱人走了的时候，您差点没听进我们的建议，想去跳黄浦江，现在回头看看，那时候的自己是不是多少有些太冲动了呀？”于干事四十多岁，笑起来很和蔼，语重心长的几番话直接说到刘德宝的心窝子里去了。

“是呀，现在想想，自己那时候真是太不堪了，差点就没信任你们，差点就没信任政府会一直关爱我这个无名小卒，会一直帮扶着我走出困境。幸好，幸好你们没有放弃我，政府没有放弃我的家！真的要感谢政府，谢谢你们这些有爱心的公司和有爱心的人，我现在的生活是越来越有奔头了。现在就是倒找钱给我，请我去跳江，我都不去了，我要好好地活着！我会好好努力工作挣钱，等以后日子过得再稳定些，也带上阿爸（上海话：爸爸）、姆妈（上海话：妈妈），还有小泽一道儿出去旅游白相相（上海话：出去玩）！”说罢，刘师傅又淳朴地挠挠头。

在工地上做安保工作的刘德宝，早出晚归，昨晚他忙到凌晨才休息，第二天早上五六点钟就起来忙活，那是常有的事儿，明明是很困倦才对，可是从刘师傅的身上看不到疲惫的样子，此刻的他浑身洋溢着十足的干劲儿与希望！

“哎呀，别，别，别，等我阿爸忙完，带我们旅游白相相的话，他会一路困觉，走一路，睡一路的，他哪里还能玩得好呀？我看还不如他留在家里，好好睡大觉，我还是努力学习，等我考上东华大学，勤工俭学就能带我阿娘（上海话：奶奶）、阿爷（上海话：爷爷）出去玩了。那才叫开心呢！”调皮的刘泽诚实地说出了自己的心中愿望。对于刘德宝的常年付出，刘泽都看在眼里，他很是心疼。在刘泽看来，不需要父亲再为自己做些什么了，只要父亲能抽空好好休息，已然足矣。至于自己，17岁的少年，风华正茂，书生意气，身上充满着朝气与活力，仿佛是青草，可以恣意生长，给广袤的土地，带去无限的生机。他的性格里也总是带着几分倔强，这种倔强，或许在某天的某一时刻，表现出不甘于现状，在心中升腾起一团火苗，温暖着他，走出困境，迈向诗与远方。已然快到成年礼的年纪了，照顾好自己，照顾好这些爱自己的亲人们，照顾好这个家庭，理所应当将会成为刘泽最新的奋斗目标，作为青少年的他，很清楚这份重大的责任。对此，他心甘情愿，责无旁贷！

“小泽，你想好了，将来高考填写志愿，报考东华大学？怎么想到把东华大学作为自己为之奋斗的目标大学的呢？上海一流大学可是有很多啊。”风景不解地问。

“风阿姨，我想将来学服装工程，想有一天能像风阿姨您一样，在公司里做国际贸易工作，您可别笑我啊，告诉您一个我的小小愿望，我想有一天通过努力可以做我自己品牌的服装，并且销售到世界各地去！”刘泽不好意思地挠头说道。

“哎呀，小小年纪，有爱心，又很有志向。了不起哦，小泽。风阿姨我看好你啊，只要心怀理想、脚踏实地、努力奋斗、不气馁、不认输，就一定可以实现！当然，平时的你也不能只顾着学习，要记得爱惜自己的身体。身体是革命的本钱，这句老掉牙的话可是梦想成真法则中的第一条。”说完，风景做了一个比心的动作，她对这个孩子实在是喜欢得不得了，仿佛自家小弟弟。不由地又多关切地嘱咐了几句。

“梦想成真法则？那风阿姨，这个法则的其他条还具体说了些什么呀？”刘泽调皮地故意缠着风景问道。

“啊？！法则的其他条？还有，还有……好啊，小泽你故意想考倒我这个脑子不好使的人，对吗？法则的其他条就是：如有咨询，请自行搜索。”风景灵机一动，话锋一转，风趣地回答。

众人先是发怔，后来仔细一品，都哈哈大笑起来。

“哈哈哈，好吧，您这也可以有。风阿姨！您太幽默啦！”刘泽赞叹着。

刘泽对这位连续三年都会按时到家里送温暖的风阿姨很有好感。在他看来，一位素不相识的阿姨，没有为了完成任务而去完成任务，她每次来时所带着的关爱都是轻松、愉快和发自内心的。就像阳春三月，如沐春风！她独特的幽默气质也是自成一派，是自己一直欣赏的，由于家庭以前包袱的沉重，刘泽有些早熟，有些自卑感，他刻意沉着略微成熟的仪态明显与其实际年龄不相称，这也让他难以放松地去与人交谈，以前的他会常常把自己包裹得紧紧的，随时随地都仿佛是一个紧绷的弹簧，生怕自己哪一次的表现不够好，哪一科的成绩不够理想，令升重点学校的机会丧失掉了。那时的他认为贫困家庭出身令自己没有退路，他做任何事情都不可以有差错，都不能失败，都一定要做到最好，因为贫困的家庭无法为他支付重头再来一次的成本！这样的他，输不起，这种不安让刘泽一度深陷其中，无法自拔。好在那段内心痛苦的时光，风景阿姨到他家走访，这位阿姨一眼就看穿了这个每天内心过得很苦的孩子，他竟是如此敏感与脆弱，风阿姨剥橘子给他吃，旁敲侧击地和他聊生活、学习上的事儿，又把自己的微信号主动留给了刘泽，还叮咛：“不管什么事情，只要想倾诉，尽管留言，风阿姨和于阿姨忙完工作，看到后，就给你回复，不论留言时间有多晚，你都尽可以放心。”这三年来的帮扶工作，逐渐解决了这户人家的经济困境，更加解决了这个孩子的思想包袱。刘泽明显变得开朗了许多，他听阿姨们的话，课余时间在图书馆里看了很多的世界名著，人物传记，通过沟通与学习，慢慢地让自己的想法不再偏执，一颗心不断地吸收正能量，现在的他理解了：努力是为了做更好的自己，而不是与旁人比较。即使自己不是最优秀的那个，也不会妨碍自己像平凡人一样好好地生活，好好地去帮助其他人。因为生活里有好多人都在关爱他，而很多人也同样值得我们去关心！

近两个小时的走访与谈心结束后，于干事与风景从老刘家出来。今天风景的收获也很多，小小的笔记本她也坚持记录了三年，从这个本子记录的点点滴滴上看，她看到刘德宝一家人，在这三年里，生活上翻天覆地的变化。一家人幸福的笑容，对更加美好生活的憧憬，这些都令风景为之动容！一份简单帮扶特困户送温暖的活动，其实际意义竟然是这样的巨大！从中得到改变与提升的又何止是刘德宝一家人呢，自己不也是从坚持参与这样的活动开始，才逐渐理解原来街道社区干事的工作竟是这样的琐碎与不容易！他们深入每一个特困户的家庭，发现实际问题，落实解决重点与难点。持续与同一件事打交道，与每一户人家打交道，仿佛是在对待自己的亲朋好友一般，替他们考虑生计出路，走访相关企业，协调解决问题。想到这些，风景对身边这位其貌不扬，但任劳任怨，细心认真的于干事，深深地感到敬佩！

夜幕降临，万家灯火照亮了不夜城的天空。“有家的地方就有温暖。我的家里会有温暖的人在等我吗？哦，对了，小星星还在等我回家呢！”想到这儿，风景回家的脚步不免加快了许多。

人生是一段奇妙的旅程，在旅行中遇到的每一个人、每一件事与每一个场景，都有可能成为一生中难忘的记忆，真心希望人间里的每个孩子都能平安、快乐地长大，真心祝福每个人的生命里都能少些苦痛与挣扎。路途上的我们，虽然无法预计前方发生什么，也无法料想未来是怎样的，但是会一直向前走，我们唯有在前进中学会选择、学习体会，方能成长！

第八章
智力问答　爱屋及乌

风景在家门口停了下来，她从小挎包里掏出钥匙转动门锁，脚步声和开门声都被趴在客厅的风小星听到了。“是风景到家了！”想到这儿，风小星飞快地窜到门旁边，抬起毛茸茸的小脑袋，摇着小尾巴，开心地冲着风景“汪汪”叫了两声。见风景进到玄关，关上门，一天没有见到主人的风小星此刻乐坏了。它绕到风景的脚边，这里嗅嗅，那里蹭蹭，就是不肯离开，还抬起前腿，不停地作揖，仿佛是要与风景握手似的，这滑稽的模样像极了奶娃娃，十分可爱。风景弯下腰，微笑着，一把抱起风小星，走到客厅，坐在沙发上。她打开电视机，番茄卫视正在热播的《世界奇妙萌宠秀》就要开始了，只见主持人正在熟练地念着开场白：“广袤无垠的宇宙中，渺小的地球上诞生出了人类，人类在地球的时间长河里，其生命是何其短暂啊！众所周知，地球上大部分的生物其生命周期从几天到几十年、几百年不等。例如，地球上有着寿命仅为一天的蜉蝣，也有着可达500年的格陵兰睡鲨，作为人类的我们，寿命最多100多岁，也就是说，人生不过百余年！在我们有限的生命里，我们见过无数的动物，现在更有着许多的动物，都在走进人类家庭，成为萌宠，被大家所喜爱。那么接下来，让我们欢迎今晚的第一位嘉宾上场，他带来的是一只可爱的犬宝宝。不要小看他的这只犬，听说很聪明，能听懂它主人的话，能快速做出各种动作反应，让我们一起拭目以待，走近去看看吧……”

风景向电视中那只犬与那个主人的表演片段看了两眼，就低头不再看了。只见她摇摇头，轻轻抚摸着风小星毛茸茸的小脑袋，感叹道：“就这犬还上电视节目！模样嘛，没有我家的小星星长相好，要论听懂人类说话，这只犬就更加不能相比了。这犬上电视不稀奇，要是换成我家的犬上节目，那表演才叫神奇的才艺，奇妙的世界呢！”说到这儿，风景抱起风小星高高举了两下。忽然间，她萌生了一个大胆的想法，她把风小星慢慢地放了下来，兴奋地对着风小星说：“对呀，我们可以先在家里训练起来，等配合默契了，我再带着你去电视台报名参加节目，你那么聪明，说不定，我们还能拿个冠军奖励什么的，这样做，算是我和你共同的努力，没有好逸恶劳，即便拿了奖励，也能心安理得了，这总不为过，你应该会同意吧？小星星！”说完，风景双手合十，歪着头，故作可怜状，撇着嘴巴，眼睛眨巴、眨巴地，一脸无辜模样，瞅向风小星，哀求它帮忙。

风小星听完，心想，“好吧，看在你不再做白日梦大变金币，又免费包我吃住行的分儿上，我就帮你这次！谁让我吃人嘴软，拿人手短呢！”于是，它抬起头，冲着风景“汪汪”叫了两声。

“这么说，你同意啦？！小星星。太好了！如果我们能获胜，说不定能有现金奖励，这样距离我想做的事情就更近一步啦！我嘛，就是想着有一天可以凭我自己能存够钱，去建立一个小小的关爱中心，继续做一些有意义的事！跟你说，不带临时反悔的，我们这是君子协定，一言既出，驷马难追！快，快，我们不耽搁时间，现在就抓紧时间训练起来哈！”说罢，风景把风小星放在桌子上，自己兴奋地从沙发上跳了起来。

还一言既出，驷马难追？拜托，我现在是犬，要是我一跑，估计你就是飞着追，都追不上呢！知道我神奇，居然还想着能跟一只神奇犬约法三章的人，估计也就只有你风景了。想到这儿，风小星瞥了风景一眼，趴在桌上不语，一副懒得理她的模样。

风景拿出收纳盒，放在沙发前的地面上，望着趴在桌上的风小星，只见，风景又犯愁了。“我们应该表演什么节目呢？对了，还是表演我们熟悉的快速问答吧！哦，小星星！”说罢，她从收纳盒里拿出许多卡片，卡片上有的写着文字，有的画着图画，没想到母亲这些打发退休时光的信息卡片，竟然起到了关键性的作用。这些信息卡片是老人家专门从新华书店里买回来的，没事的时候，老妈拿出来，看着卡片猜题。据说可以锻炼老人的记忆力，预防老年痴呆症。幸好母亲这段时间在姨妈家小住，帮助照顾姨妈，暂时不会回来。要不然，她老人家要是得知，我把她心爱的卡片翻找出来训练犬，估计会生气得骂人的。不过，现在嘛，母老虎不在家，我这只猴子就可以称霸王了！此刻，风景暗自庆幸，不免得意起来。

要说母亲不在家的这段时间里，风景也是很想念老人家的，只是姨妈与母亲是亲姊妹，以前关系就亲近得很，一个半月前，从电话里传来消息说，远在广州的姨妈因为心脏病住院了，母亲就开始心急如焚，很显然，已经失去风景父亲的她，现在可能最害怕的事，就是又听说哪个亲戚身体不好啦，人快不行啦之类的。反正不管说什么都不管用，母亲非要马上坐动车去趟广州，亲自去照顾自己的妹妹。就这样，还没等风景下班回家，她就收拾好行李，买好动车票，赶往广州了。这段时间，每隔两天风景都会打电话给母亲，问候她以及姨妈的近况。今天午饭前，风景已从微信上得知，姨妈手术后恢复得挺好的，已出院，回家静养了。母亲微信上说，姨妈非要留她在广州多住段日子，说是两姐妹难得一起说说笑笑，这日子过得也不无聊，母亲也同意。只要母亲过得平安开心，风景就都随她老人家自己的心意。于是，风景在微信上给母亲留言，提醒她多穿些厚衣服，别着凉，也发了些问候姨妈的话，就结束语音聊天，去楼下公司餐厅吃午餐了。

信息卡片有很多张，风景把图片卡摆成一排放在风小星的面前，而自己则拿着一堆的文字卡。

“该选择提问什么呢？既然是要上节目用的，我们还是从难一点儿的题目开始提问吧！难题如果都会，那就说明我们的表演确实很牛，你说对吧？小星星。就这么办！”风景拿定主意后，开始提问：“既然小星星你给我推荐的是探索火星的书，那么想必你对天文知识应该了解不少。我们就从星空开始吧。第一题：太阳系公转速度最快的行星是？”

风小星刚听完题目，就低头在一排排图片卡里寻找，很快它盯着一张水星图卡片兴奋地“汪汪”叫了两声。

“答对了。你好聪明啊，小星星，这，你都知道呀！不要骄傲，我们再来第二题，听好！太阳系里最大的行星是什么？”风景对于风小星的答题速度喜出望外，于是连忙抽出第二张卡问道。

受到鼓励的风小星也很兴奋，风景话音刚落，它就又很快地发现了一张木星的图片卡在脚边放着，于是开心地“汪汪”叫了两声。

“你太有才了，接下来的第三题：拥有最美行星环的是什么？”风景加快了提问的速度。

“是土星！”风小星总是在风景话音刚落，就能以最快速度想到答案，并发现答案图片。只见它走到跟前，然后乐滋滋地抬头看着风景。

“第四题：太阳系里，深蓝沉静的巨星是谁呀？”

“非海王星莫属！”风小星又很快地想到了答案，它叼起正确答案的图片，神气活现地望着风景。

“百发百中，全对呀！”风景兴奋地跳起欢呼，仿佛电视台节目第一名的大奖就要被自己收入囊中，好期待啊！

正在这时，门铃响起。“是谁呀？这么晚了？”风景起身，走到大门，从门上的猫眼向外看了看，原来是他！风景连忙把门打开了。“怎么是你呀？傅强。快进来！”风景不解地问了一句。

“你自己还好意思说！上次在宠物医院，你家风小星可没少吃九宝的狗粮。九宝的狗粮是我亲手调配的。我观察着小星也爱吃这个口味，就琢磨着过来看看风小星，顺便也带一些给它。省得你呀，照顾不好，饿着它！刚才给你打了多少个电话，也没人接听；发了微信，也没见有人回复。我只好顺便过来看看你是怎么了，以免担心！”傅强一边说话，一边熟悉地从鞋柜里翻找拖鞋，然后换上。

“还真是对宠物比对人好呢，傅大院长！你探望犬呢，给犬带好吃的；探望我呢，啥好吃的都不知道带上点儿呢。真是的，真想轰你出门呢！”说罢，风景一脸嫌弃地望了傅强一眼，头也不回地去拿放在包里的手机。

果真手机上有好几个未接来电，微信上还有留言，这下风景有点儿难为情了，她只好红着脸道歉：“下午外出公干，为了防止打扰，我把手机调成震动后，就忘记再调回来了。真是不好意思啊，让你着急了半天，强子。”

“你满脑子都是工作，只要工作一结束，脑子就短路，我又不是第一天才知道的。所以，我还是委屈着自己跑这一趟吧，再顺便检查一下你给小星准备的犬舍和厕所，看看是不是需要我及时危房改造！”傅强又开始怼人。

“这傅强还真是刀子嘴、豆腐心呢！是，关心我这条流浪犬是真，但更加真实的是，你并不像你口头说的那样啊，正相反，你非常在乎的是风景！明明她就是你自己的心头宝好不好，却还要鸭子嘴硬，死扛着，不说破，也就风景这个榆木脑袋自以为什么都知道，其实啥子也没有看出来罢了！”聪明的风小星一眼就秒懂了傅强的心。

在风小星看来，“这个星球上的人类啊，常常会口是心非，还会自不量力呢！比如对于幼小动物，哪怕只是看起来比较幼小的，就好比风小星这样的犬类，明明自身就超级厉害，可是偏偏在人的眼里，我就只不过是一只幼小的泰迪犬，总会让人情不自禁地萌生要去保护的想法，这该是进化的副作用吧！因为我先进的脑袋里就从来没有这样的想法啊！我如果想要保护别人，那一定是基于我很清楚我自己足够厉害才会去做的事呀！其实相比其他生物，这个星球上，人类的小婴儿个头又小，长得又慢，这才是弱不禁风呢，只能说作为在这个星球上的社群动物：人类，这动不动就保护欲爆棚的想法倒是有一个好处，那就是可以确保人类社群繁衍，好让人类代代相传下去！再有，就是这片土地上的普通人，那就更加地不可思议了！明明自己手无缚鸡之力，却还是一门心思地想要救这个，帮那个，就好比，前面风景一回家就和自己聊天说，她们今天去给特困户送温暖。拜托，风景，你自己的钱有攒很多，是吗？你不是还在拉我和你组团，打算去参加节目挣外快吗？那又干吗要把日夜加班辛苦赚到的钱，免费送给别人去用呢？所以说啊，这个也是属于人类进化的副作用吧！明明自己都很普通、平凡、渺小，却还是总想着去替别人解决困境，如果不是自不量力，那又是什么呢？”风小星有时候是真的不太能理解这里人类的行为。

傅强仔细检查犬舍、自动加食器和小厕所，那些都是风景专门为风小星准备的。想来风小星是多聪明的犬呀，就没有它学不会的！它在风景说了一遍，指挥了一遍之后，很快就心领神会，妥妥地使用了。风景不在家的时候，它的吃、喝、拉、撒、睡，全都是它自己解决的，从未给风景家添乱。

对于巡视结果，傅强也很满意，他起身，转过头来对风景说：“这次表现不错，满分！”

“我满分，还用你说！我花费了多少时间和力气啊，我容易吗？上来看人家，也不知道带点儿好吃的！”风景想起傅强刚才说的话，于是，她撇着嘴，低声喃喃，表示着委屈。

“哎，景，抱歉啊，我没说你满分，我是说你家风小星表现满分！刚到你家不久，它就能学会定点上厕所，真是太棒了！”说完，傅强走到风小星面前，弯下身，抚摸风小星的头。“哦，对了，你这是在干什么呢？”傅强看到沙发地上、茶几上到处放着的纸卡，他随手拿起了几张，看了一下，仍然不解地问。

“这你就不懂了吧。我在和小星星做答题训练呢！等把它给培训好后，就去番茄卫视报名参加《世界奇妙萌宠秀》节目，我们准备赢得第一名……”风景得意扬扬地说。

“你是说你训练它？然后小星跟你一起去上节目？还拿第一名？哎呀，再听下去，我脑仁儿都疼了。不多说了，这样吧，这个周六我带你和小星去个地方，到时候你就知道了。时间不早了，我先回了，你们接着训练吧！”说罢，傅强很不屑地看了风小星和风景一眼，就大步走到玄关，换下鞋，出门回去了。

这个世界就是这个样子，有时难免会发生糟心的事儿，但总会有温暖的情节，爱的片段，让人不会心灰意冷。就像陌生的世界总会有人偷偷在爱你！茫茫人海里，也总会有人记得和你的约定！

第九章
天使姐姐，不见它
导盲犬校，添佳话

这周接下来的几天工作都异常忙碌，风景加班后回到家，感觉人疲累极了，脑袋晕沉沉的，在抱着小星星一起看《火星生命 前往须知》的时候，感觉人昏昏欲睡。于是，她回到房间休息，一躺下，很快就进入了梦乡。

“这个风景前世一定是猪吧，天下睡姿能和‘滚滚’一模一样的，估计还真没几个人呢。看她睡得这样香，我都被感染困了呢。”想到这儿，风小星瞥了一眼床上酣睡如泥的风景，不忍吵醒她。风小星回过头来，往床底下一钻，安静地趴在那里合眼睡去。每次趴在风景的床下睡觉，总能让风小星睡得特别香。因为这里有着风景的气息：淡淡的、白玉兰花的幽香，那似曾相识的香气对于风小星而言，竟然有一种莫名的熟悉感，就好像从小就认识一样。

以前风小星偶尔睡着时会猛地一下惊醒，仿佛自己从梦中跌进黑暗的世界里，身体不停地在坠落，像是一个完全没有安全感的孩子。可是，自从被风景收留，带回家之后，每一夜，风小星都能睡得很安稳，一觉到天明。像今晚这样，风小星就睡得很香，它感觉心里很平静，没有压力，也没有烦恼，今夜的它还做了一个梦。梦里的风小星无法区分自己的梦是不是曾经有过的现实，因为梦见的细节都异常真实，仿佛自己曾亲身经历过一样。但风小星所能记起的，却又不那么完整与清晰！

在它的梦里，出现了一个娃娃模样的小男孩，他浑身脏兮兮的，正艰难地在地面行走。

“这个孩子是谁？会是我吗？”还没等想明白这件事，另外一个画面马上又窜到了脑海里：远远的有一位女子款款相迎，小男孩看呆了，停下了脚步。他眨眨圆圆的眼睛，张着小嘴巴，傻乎乎地看着这个长相甜美、秀丽的小姐姐。只见这个小姐姐有着长长的头发，笑眼弯弯，眉宇间有颗小红心，散发着金色的光芒，头上一直围绕着一个美丽的光环，身后一双白色半透明的翅膀……一瞬间，小姐姐露出会心一笑，那微笑如此沁人心脾，甜美无比，竟比璀璨的星空还要光彩耀眼！她温柔地抱起地上的小男孩，此刻，小男孩竟然一点儿也不害怕，他觉得拥抱自己的这双手好生温暖与亲切。伴随着小姐姐抖动翅膀，在半空轻轻旋转，轻舞飞扬！只见小姐姐身后那双飘逸的大翅膀向前弯曲下来，呈现一个弧度，小男孩手扶左右两边翅膀上的羽毛，在半空中来回荡着秋千，好不快活，两人清铃般的笑声响彻天际。

“这爱笑的小姐姐是谁？这旋转飞扬的地方又是哪里？”问题接踵而至，也还没等全部想清楚，风小星的思绪又陷入其他梦境之中。

只见小男孩已褪去一身的脏衣，赤身被包裹着一个干净的大毛毯，毛毯上还有一种熟悉而又好闻的清香：原来那是白玉兰花淡淡的幽香！小男孩对周遭的事物都很好奇，他小心翼翼地伸出小手指想要触碰一下盆边上的一个圆圆的肥皂泡，没想到，手指刚靠上去，那个肥皂泡就被戳破了。

这一切都被站在一旁的小姐姐看在眼里。她笑盈盈，甜甜地说：“喂，调皮的小家伙儿！你已经洗澡完毕啦，不要再踩水和戳泡泡啦，快些出来吧。我给你换身新衣服。”

“天使姐姐，我饿了。”小男孩用手揉揉咕噜叫的肚子，撇着小嘴说道。

原来这位好心肠的女子就是天使姐姐，难怪我一直对这股好闻的香气如此敏感，这个小奶娃果然就是我呀！也难怪我会对天使一直都有模糊的好印象，原来竟是小时候的玩伴。做着梦的风小星这样想。

“这是什么好吃的呀？天使姐姐。”小男孩指着一桌子的食物，满心欢喜地提问。

“小傻瓜，别光傻站着，过来吃吧。这个方块是牛肉粒，可好吃啦！那个模样长得似火炬，上面的圆球非常清凉可口，好吃极了，它叫蛋筒冰激凌。这些呀都是小孩子爱吃的食物，你快来尝尝，看好吃不好吃……”天使姐姐还没说完话，小男孩已经迫不及待地伸手去抓了。

“好吃，太好吃啦！天使姐姐！”小男孩大口吃着，大声地肯定冰激凌的美味。

“和这位天使姐姐一起生活，应该会一直很幸福吧？”风小星心想。

接下来的记忆片段却让风小星在迷迷糊糊的睡梦中痛哭起来。

“小家伙儿，你不要过来，我并不后悔当初救了你，这不是你的错，是你的族人杀了我很多的亲人和朋友，到处驱赶我们。只有离开，我才能活下来。”说完，天使姐姐扬长而去。

看着天使姐姐消失在茫茫夜色中，小男孩无比难过，年幼的他并不太懂那些话的深意，但是他知道他再也看不到天使姐姐了。

接下来的几天，风景在工作结束后也没有再训练风小星。周末休闲时光终于来临了，都说睡懒觉是对周末最起码的尊重，这句话说得简直太对了！这天是周六上午，风景一觉睡到自然醒，浑身舒服极了！正在赖床不起来的她被傅强的一通电话给叫了起来。

“喂，强子，周六干吗这样早就打人电话呀！我都还没起床呢！”风景抱怨地说。

“‘猪颈（谐音景）肉’，这都快到中午了，前几天不是说好了周末带你们去一个地方吗，快点！人家那里下午 4 点钟就不对外开放了。真是的，脑子不记事儿，还爱睡大觉，长得还胖，景，你到底是有哪点可爱啦，我真是千百次地问我自己！”傅强又开始“出口伤人”模式了。

“呀！我是微胖，不是胖！强子，你再大放厥词，我放狗咬你啊！起床，我马上起床！毒蛇妇，听你说话我是一点儿困意都没有了呢，可恶！”风景气极了，冲着电话那头的傅强叫嚷。

傅强这另类的催人起床出门的法子，也许真的可以申请个人专利了，用它来对付风景睡懒觉简直是特别有效。傅强的车停在小区门口，很快，风景牵着风小星走了出来，上了车。风景也就是三秒钟的火气儿，属于那种转眼火就灭的主儿。

车子很快就在上海一家导盲犬学校的大门口停了下来。停车后，傅强领着风景和风小星填写完校门口的登记表，然后走进校园。原来今天傅强的朋友万先生和林女士到学校领养退役导盲犬“舒云”和“叮塔”，校园门口的领养仪式简单却又非常感人。

在此之前，退役导盲犬“舒云”和“叮塔”已经为上海的盲人朋友们服务了十多年，现在垂垂老矣的“舒云”和“叮塔”已经无力再为这里的盲人朋友们带路和服务了，它们此时需要爱心人士和爱心家庭的照顾。上海的报纸杂志刊登消息之后，很快地，退役导盲犬“舒云”和“叮塔”就等到了新主人！

此时此刻，“舒云”和“叮塔”似乎意识到了它们即将离开学校，于是，不停地摇头摆尾，新主人万先生和林女士怜爱地轻轻抚摸着它们。学校里的卫老师则在一旁千叮咛、万嘱咐，就像是在送别与自己在一起工作多年的老伙计一般。“舒云”和“叮塔”很是善解人意，它俩乖乖地趴在新主人的脚前。

领养人万先生和林女士现场分别与学校签订了领养协议。根据领养要求，领养人必须为退役犬去办理上海市犬类准养证；保证退役犬的健康与安全，并提供所需的活动空间及医疗措施；禁止将退役犬带入办公楼、学校、医院等公共场所及乘坐汽车、地铁等交通工具；并保证不得将退役犬用于任何商业用途。

领养“舒云”的万先生是一家互联网科技公司的老总，他的家位于崇明岛，自家小洋房一楼外面有 30 平方米的露台。平时自己上班不在家的话，有请具备专业养犬经验的阿姨负责在家照顾“舒云”，若自己在家休息时，便会自己亲自照顾。

领养“叮塔”的林女士本人就是一位积极的爱犬人士，在这之前她已经救助过多条流浪犬。林女士现在的居住地和工作地是别墅类型的建筑，外面都有花园，很适合“叮塔”生活，她是多家公司的合伙人，只管投资分红不参与具体管理，平时工作也不忙，很方便全天候地照顾“叮塔”。

站在人群中抱着风小星的风景忍不住地感慨：“强子，好感人啊！为我们人类任劳任怨工作服务的导盲犬，等到年纪大了无法工作的时候，就应该像这样享受我们人类的服务，我们对它们也不离不弃！这种你给予我与我回馈你的，说白了都是爱，这种来自人与动物之间的，来自不同物种间的爱，太不可思议，太让人感动了！”

现场的真情实感，也令一直被风景抱在怀里的风小星为之动容。以前的它去过那么多的国家，路过那么多的城市，遇到过形形色色的人，不同肤色，不同语言的人类。可是，它发觉当有一天踏进了这片土地，走近了这里的人群之后，一切的感受都不再同于以往的认知与见识了。不一样，太不一样了，是的，也许这个世界上到处都是陌生人，毫无疑问，一定是有冷漠、冰冷的人存在，但是这片土地上的人，由它所见、所知、所感，更多的是充满了滚烫的热情与善良的爱意。这段时间太多的感触令此刻的风小星很感动，甚至现在的它开始慢慢也能理解这个平凡的世界：好好地活，去做有意义的事！

傅强转过头，他非常赞同风景的观点，他略带兴奋地说："是啊，我这两个朋友真是老好的。当初我从微信上把报纸信息发给他们时，我也不确定他们是否会加入，没想到，很快，比我都快，他们自己就和学校联系妥了！如今，这两只年迈的导盲犬能有完满的归宿，真是太好了！"

"强子，看来这个地方你以前没少来做义工啊。你对这个学校了解多少？说来听听！"此时的风景对这间学校充满了好奇与兴趣，她鼓励傅强多讲讲。

"听这里的卫老师介绍，这个学校是从2006年起就开始训练导盲犬的。上海首批于2008年正式上岗的导盲犬，光这个学校就有10多条，目前都已经全部退役了。这些导盲犬当中，有的被它们曾经服务过的盲人朋友领养了，有的已经因年老或者疾病死亡了。迄今为止在这个学校训练服役的导盲犬有48条，目前仍在服役的导盲犬有37条，社会上需要导盲犬的视障人士在不断增加，训练后上岗的导盲犬数量也在增加，近两年，每年都会有导盲犬退役，陆续退役的导盲犬仍然面临找新家的问题。这是一个长期的行动，好在现在社会上爱动物的人士与志愿者们越来越多，相信以后这些小动物退休了，也都能有各自安度晚年的新家。这真是太有意义了！”傅强的话匣子一开，像水龙头，一拧开就哗哗往外流水似的，这一席话仿佛是一场春雨，句句打动了风景的心弦，又像是火光，暖人心窝，说实话，被感动的不只是风景，还有风小星！

“哇，好棒啊，真想再仔细看看这里！”听完傅强之言，风景毫不迟疑地说出了自己的想法。

“好啊，景。今天带你们来，就是要带你们好好参观一下这里，向专业老师取经学习。不然，就你那两三下的三脚猫功夫，再好的犬交到你手里，也会被你练为废柴一根的！”“毒舌妇”果然名不虚传，这不，又开始“说话怼人”模式了。

“呀！毒舌妇，你又是没事找事儿，是吧？我们不练就是啦，废柴一根，你再胡说，我放狗咬你，先把你废了再说！”说完，风景佯装生气地噘起小嘴巴，转身朝校园深处，独自走去。

风小星从风景怀里探出头，眼巴巴地回望了一眼傅强，好像在说，“让你嘴欠，挨骂了吧！真活该！还不快点儿跟上，傅强你这个傻憨憨，还杵在那里干啥！女朋友人家都生气了！”

傅强看着风景离去，他只好“呵呵”苦笑了两声，赶紧小跑两步，追上风景，一路和风景没话找话说，赔礼道歉。

要知道，青春年华时，能够彼此守护与信任的，那就是朋友。等到垂垂老矣，疼爱彼此的心至死方休，致宝贵生命里的所有老友！

第十章
社区志愿服务多
小区寻回“喵”与“汪”

参观上海导盲犬学校让风景大开眼界，特别是像卫老师这样的教员给了她很深的印象，他们的专业与胸怀都让风景心生佩服！

转眼到了春节前两天的工作日，风景坐在工作桌前对着电脑一通猛敲，她要把公司一连放假七天、过春节的通知，用邮件的形式告知国外的每一位客户。

“嘿，Jessica，你今年回老家过春节不？我们可以一道儿开车回去。”黄依依从茶水间接了一杯开水，缓缓走到风景的办公桌前柔声低语。

“哎，谢谢好意，亲。不过，今年我不打算回老家过节了。母亲在广州姨妈家还没有回上海呢，姨妈身体不行，才动完手术出院不久，母亲说，过段时间等姨妈身体情况都稳定了再回来。我呢，还是好好在上海的家里等她回来吧。依依，你们今年过年不在婆家，都回娘家过年啦？”风景记得这位热心肠的老乡同事是去年结婚的，婆家是上海人，去年他们一家的春节就是在上海度过的，于是，快人快语的风景停下手里的工作，笑呵呵地问。

“是啊，一年在婆家过，一年回娘家过，这是我和老公的‘千年约定’，这样才显得公平嘛，能照顾到双方老人们的心情。那我等下就先走了，调休都已经在系统请假好了，先和你说声再见了，春节快乐，万事如意啦！”黄依依笑脸盈盈，眉眼笑弯的她看得出婚后生活很是甜蜜如意。

“好，谢谢。也代问你家人好，万事如意！”风景真心祝福。

“好的！谢谢，亲！我现在就收拾收拾先走了，归心似箭呢！”说罢，黄依依轻轻嘬了一口这刚泡开的茶水，此刻热气从茶杯上飘起，原本干巴巴的茶叶此刻在水中都舒展开了，一片跟着一片，慢慢地降到了透明杯底，随着茶水的韵动，它们在轻轻地摇曳生姿，一口下去实在去乏解忧。黄依依的脸上立刻浮现笑容。

看着黄依依渐渐走远的身影，风景突然意识到，今年的春节极有可能会是，他人万家灯火、人声鼎沸，而我家只有孤灯长明，一只犬和我。这画面是不是凄凉了点儿？风景赶忙停止胡思乱想，继续埋头工作。

第二天，是春节前的小年夜——最后一天工作日，风景早早就来到了办公室。

“Jessica，早上好！每年春节都有外地员工携家属返回老家过春节的，今年也不例外，我们工会这个时候也要积极发挥作用，协助员工及家属做好春运回乡与返城的各项安排哈，你先统计一下，看公司各个部门都有哪些员工今年返回老家了？分别都是何时出发？预计什么日期回沪？我们要先搞清楚状况，再紧跟政府政策，才能把春运外地员工回乡、返沪的这件民生大事给落实到位，才能处理得有条不紊。”Nacy 是公司的工会主席，她远远地就看见了风景走进公司大门，于是一边大步流星地走过来，一边打招呼。她简单几句话就把工会工作给布置清楚了，透过镜片看着她的眼睛，此刻正放出智慧的光芒。

“好的，Nacy，我这就去做。刚好今天是春节放假前的最后一个工作日，我们业务部门客户那边也都接到我们即将放假 7 天的通知，所以这段时间业务部也没有什么特别重要的研发项目需要着急处理的，我可以先把工会的这个工作做完。”风景的话语中充满了认真与自信。

通过与公司各个部门的领导仔细沟通与了解，风景很快做了一份表格统计了一下。她发现公司今年回乡的同事还真是有不少人。她把这些同事的往返日期，包括请假时间、手机号、微信号等信息也都汇总在材料里，一同提交了廖红。

每年春节最后一个工作日的下午，公司都会让行政部提前发邮件通知，可以安排早点下班。今年也不例外，下午办公室里剩下的人员寥寥无几，风景算是其中一个！看着同事们都陆续回家了，风景也赶忙做完手上的工作，用手机打卡下班，然后出了公司大门，这时候她的手机铃声响起。她从包里拿出手机一看是傅强打过来的，于是，接听说道："喂，强子，你打电话过来有事吗？我刚下班。"

傅强在电话那头一本正经地说："景，快过年了，所以打电话问候一下。"

"好好说话的你真的挺好的，强子。要说没有想法与感触，那是假的。自从父亲去世后，我们就很少回老家了，可能都怕触景生情吧。广州姨妈心脏刚做完手术，大病初愈，她能恢复到现在这个程度我是真替她开心。姨妈留我母亲小住一段日子，估计这个春节只有我一个人在家，也许会无处话凄凉了呀！"风景对傅强说话时总是这样的坦诚，她可以一股脑儿地把心里话说与他听。反正她对傅强刀子嘴、豆腐心的那一套早已习以为常了，她很清楚傅强多年来的关心与照顾才是最为真实的体验！

"早点回家吧，景，先别想了，路上注意安全。你先回家，一切我们之后再说哈！”傅强一反常态地轻言细语。因为他很清楚亲人离世，亲人生病都是开不得一丝玩笑的。没有谁愿意看到亲人生病，因为天下间所有的病患家属及亲朋好友都是这样的想法。

风景满口答应了傅强，出了大厦后，她很容易就找到了路边的一辆共享单车，几分钟就骑到了地铁站。一路上地铁列车开得飞快，没过多久，风景就顺利地回到了家。只见她抱着风小星，坐在沙发上看书。

晚上傅强打电话过来，风景与他唠家常。风小星从对话内容中获悉，风景父亲两年前是因为帕金森病去世的！这病毫无征兆地就上了老父亲的身，刚开始是手抖，走路僵直，无法随意转换行路方向，口水无法正常吞咽，再后来老人容易摔跤，疾病恶化的速度并不慢，到后来老人逐渐无法行走，瘫痪在床，语言功能严重退化，进而吞咽功能退化丧失，最后终于有一天，老人永远地闭上了眼睛，再也没有醒来。病情发展的一系列过程竟然让风小星感到如此地似曾相识，而它自己竟然对这种会死人的疾病会有一种莫名的恐惧感。

“风景说帕金森疾病是神经系统的疾病，但她又没有说这种疾病会从人身体上到猫犬之类的动物身上，再说我有这身令我百毒不侵的斗篷衣，怎么还会害怕疾病呢？这来自我内心深处的恐惧，它究竟是怎么一回事儿？”想到这里，风小星感到困惑不解。今夜的它始终被莫名的焦虑所缠绕，久久不愿意独自睡去，非要跳上床挨着风景的胳膊，缓缓地进入梦乡。仿佛只有这样，它才能感觉自己是安全的。即使梦里发生了可怕的事，它也能被善良的风景从可怕的梦境中给救回来的。

还未想清楚该是什么样的画面，一个梦浮现而至，一位垂死长老艰难地说道:“年轻人，一定要记住我们是不可以被打败的！”

这是什么情况？风小星在梦里还没有搞清楚状况，就被很多族人给撞开了。它亲眼看到很多的族人四处逃窜，但始终无法摆脱身后成群结队、穷追不舍的毒虫攻击，太可怕了！大批大批的族人倒下，哭喊声到处都是，毒虫就连孩子与老人都不放过，所到之处，必定锁定蚕食，一切皆灰飞烟灭。

“天呀，我到这片陌生地竟然是为了逃难保命！”风小星一想到这儿，就从梦中突然惊醒了。接着，它很快意识到梦里出现的长老和族人与这片土地上的风景、傅强他们的面孔、体态、语言而言，都是不同的，但它自己却都能听懂，看得明白，第六感直觉告知风小星，这些梦里出现的人就是它的族人！风小星转头看看沉睡中的风景，它又想到，不行，待在这里也不是长久之计！可怕的毒虫几乎感染到我整个族人，他们都很难幸免！如今在这个叫地球的星球，这里人类的生命力远不及我族人，地球人也会常常饱受各种疾病的困扰。地球上的各种疾病不就和我族人所受异形毒虫的破坏是大同小异的嘛。我的天呀，太可怕了。说不定，那些恐怖的毒虫也会很快地赶到这里，会像杀死我族人一样，将我蚕食掉！不行，我要尽快离开这儿，去一个毒虫永远找不到的地方躲起来。可是，我该去哪里呀？我一只狗又能躲去哪里呀？我真的怕死呀！”此时，风小星感觉情绪崩溃，非常沮丧，内心极度恐惧与害怕。只见它“呜呜”地吠叫，这个声音仿佛是在痛苦呜咽！

风景被风小星痛苦的吠叫声给吵醒了，她揉揉惺忪的眼睛，起身，转头看着蜷缩在一旁的风小星。于是，风景摁亮台灯，轻柔地抚摸着风小星毛茸茸的头。在她看来，今晚的风小星确实不太对劲，可仔细看看小星星吧，它也没受伤啊，也没有给它吃不干净的食材，也没带它出去到处疯跑，排泄也正常，一切没啥异常呀，它今晚是怎么啦？风景心想，她一定要弄清楚风小星到底发生了什么事情。

风景试着和风小星说话：“小星星，我知道你听得懂我的话，你怎么啦？你看起来很害怕的样子。”

风小星低头不语，继续呜咽。

“是不是刚才我和傅强提到我父亲因疾病离世，这让你感到担忧了？小星星，你不说我也猜得到啊！我很关心你的，别怕哈！”风景把风小星抱在怀里，说着说着，就感觉眼皮子沉重，昏昏欲睡，就这样风景稀里糊涂地又睡着了，在风景怀里的风小星似乎也从风景的话里得到了莫大的安慰，再次熟睡的它竟然一觉到天亮。

第二天，睡到自然醒的风景被傅强的电话给吵醒了。

“强子，你在哪里？”风景一边匆忙穿好外套，一边用免提和傅强说话。

“景，我在留学生中心这边，很多在外留学的同学募集了一些资金与人员，打算利用新年时间到市儿童福利院，去那里做义工，给小朋友们送温暖。我在帮忙联系，稍后再联系你哈！”傅强语言简洁干练，听得出来，他那边现场工作很繁忙。

“好的，强子，你先去忙你的。我等下去一趟社区居委会，我是上海市的志愿者，我先去报备登记，一旦居委会需要人手帮忙做一些社区服务工作，他们就会第一时间联系我。昨天你在电话里说得太对了，年轻的我们不应该浪费时间与生命。既然这个春节给了我独自在家的机会，那我就要充分利用好这个空闲时光，去做一些自己平时想做但是没有时间去做的事，在这个时候尽力为周围的人多做些事情，这是我想做的。保持电话联系！”说完，风景赶忙放下电话，迅速跳下床，快速收拾了一下，给风小星添加了狗粮，自己也简单吃了些面包、鸡蛋，就出门了。

从居委会登记报备回来，下午 5 点钟左右，风景就接到居委会郝常琴干事的电话。

“喂，你好！是志愿者风景同志吗？我是居委会干事郝常琴。”电话那头郝干事的普通话听起来带着浓浓的上海本地口音，不是那么太标准，但是声音清脆，很有感染力。

“您好，郝干事！我是风景，请问是居委会有任务需要我去做，是吗？”听到是居委会同志打来的电话，风景很激动。“好的，我这就来！”说罢，风景赶忙走出家门，奔向居委会办公室。

原来，社区里住着几十位年迈的独居老人，他们当中，有些腿脚不便的老人是很少出门的，平日里的一日三餐也全靠社区干事们和社区志愿者们义务跑腿购买，他们从社区助老食堂领出福利餐，放进保温箱里，分别送到各家各户。居委会考虑到送餐员平时送餐工作辛苦，会给每位志愿者配备保温杯、护手霜、一次性手套、口罩等物品，确保安全与卫生。

社区助老食堂是由国家政府倡议、市政府号召、社区居委会招募，由社会非营利性质的团体出面承办，场地、设备、装修与人员都是按标准化食堂配备的。其目的是解决老年人买、汏、烧等的问题，提高老年人的生活质量，生活在这个社区里的很多老人，有的身体健康，且愿意出门走动的，他们常常自己走到食堂，凭老人卡刷卡吃饭。食堂为每一位就餐的顾客准备了姜茶热饮，供顾客免费取用。食堂的食谱根据季节变化推陈出新，更换季节菜单，所有菜都是随卖随烧，保证新鲜热乎。食堂有国家政府给予的一定补贴，且本身定位就是非营利性质的，所以这里的饭菜价格都是非常便宜的，十二元钱一份福利盒饭，远远低于市场价。盒饭里有荤菜、素菜、米饭或者面条，还有一份例汤，早餐配有鸡蛋、牛奶、豆浆或米粥、包子、面食都可任选。为了能让老人们吃上放心、热乎、可口的饭菜，所有食材的采购、烹制与装盒的各个环节都有专业人员在严格把控，确保采购的质量，荤素科学搭配，清淡烧制不油腻，适合老人们的口味。不仅如此，居委会和食堂更是及时了解附近道路积水、结冰情况，安排人员清扫、除冰。考虑到食堂门口台阶不便，还增加了人员搀扶，接送老人，防止老人意外滑倒，保障老人安全。

因为过年，居委会已和一些独居老人的子女提前联系过了，这些子女也都和以往一样，主动告知，已安排出时间，说是就这几日都会陆续回到这个社区，有的子女是把老人接到其他地方过年，等老人想回来再回来住。有的人是从外地返回上海，和老人一起在这边过年，等上班之后再离开。所以居委会的送餐活动也就再帮忙送这两日即可，后面的春节假里，子女会自己烧菜给家里老人吃的，如果没人在家烧菜，就再联系居委会给老人接着送餐。也巧了，这些天有好几位常来的志愿者都已经陆续请假，有的人是赶回老家过年去了，有的是和家人一起出去旅游。送餐人手不够用，令居委会干事们头疼了。他们考虑如何让社区老人们早一点吃上热乎的饭菜。这不，在招募志愿者名单中看到风景的名字，考虑到她以前就时常利用空闲的时间做公益服务，有经验，有志愿者证，能持证上岗，马上参与工作，于是，居委会干事就第一时间联系上了她，请她过来为社区老人送餐。

风景很快就把她负责的几户老人的福利餐都送到位了。送过一次之后，这几位用餐老人的单元、楼层、室号以及姓名，风景就都记住了。

第二天，风景一大早和风小星打了招呼：“小星星，在家看门，我接着去做志愿者给老人们送餐！拜拜！”说完，就赶忙出门，去了社区助老食堂，把老人们的福利餐给领了出来，正在挨家挨户地送餐。最后一家是 2226 弄 1 号 102 室的李阿婆。门铃响了好久，李阿婆才出来开门，步履蹒跚，手里还拄着拐杖。

风景见李阿婆面色有些焦急，于是，她把装有福利餐的袋子递进去的时候，关切地问了一句：“李阿婆，我是风景，您老怎么啦？是遇到什么事情了吗？”

“哎呀，我的咪咪一早上都没有看见，不知道是跑到什么地方去了呀！急死我这个老太婆啦！”李阿婆满脸着急地说。

风景与李阿婆的闲聊中得知，咪咪是一只橘黄色的猫。现在听闻，咋晚上咪咪还在家，但是，今早李阿婆收拾阳台衣服时，她忘记关上阳台门了，再找寻咪咪时，却发现它不知道跑去哪里了。风景留意到李阿婆家也是在一楼，阳台外面连着一个小花园，她分析小猫咪极有可能是从未合上的门里奔了出去，极有可能是从小院跳上了不高的院墙，跑出去玩了。

风景把自己的猜测说给李阿婆听。

“哎呀，这可怎么办呀？我的咪咪会不会再也回不来了呀？跟你说呀，风景姑娘，我这一天都少不了宠物陪伴的呀，家里没有宠物晃来晃去的，太孤单了呀！不行，我要去找我的咪咪！”说罢，李阿婆站立不安，着急地迈着小碎步就要出门。

“李阿婆，你别着急。外面天气冷，再说您也不知道咪咪跑去哪里了呀，您腿脚不方便，我代替您去找它，好不好？我昨天有见过它，能认出它的模样。您放心哈，我一发现它，就带它回家来，好吗？”风景拦住了要出门的李阿婆，轻言细语地安慰着。

“那怎么能行呀！你替我送饭就已经很辛苦了，还要你花时间替我找猫，你太辛苦，太累了。大过年的，我又怎么好意思再让你为我做这些事呀？”李阿婆摇头，连连说不。

风景见状，她理解李阿婆不忍心再麻烦自己做这事儿，忙那事儿的心情。为了能让老人家安心接受自己的帮助，她心生妙计，于是小声地撒娇说：“李阿婆，好阿婆，这样吧，我们互相帮助。我有只泰迪犬，等下先放在您这儿，您先看看它是不是像我说的那样乖巧呀，也顺便帮我看一下，我送完福利餐，顺道帮您找下猫咪，带它回来，这样您总能接受了吧？”

李阿婆听闻风景的一番话，她信以为真，真以为风景的小泰迪需要自己的看护，于是很热情地改口说道：“好的呀，我对宠物最好啦，跟你说，我年轻的时候也养过犬的呀！风景姑娘你尽管让你家小泰迪待在我这里好啦，我也不寂寞啦，还能帮你看着它，顺便帮你看看它是不是真的很乖呀！你呢，先去忙你的事儿，回来路上顺便帮我找下咪咪，带它回家，好不？”

“好呀，好的！李阿婆，我们一言为定！”风景满口答应。

送完福利餐后，风景把家里无聊的风小星带到了李阿婆的家。

“李阿婆，小星星就拜托您先看一下了哈。”风景一边说着，一边把风小星递到了李阿婆的手上。

此刻的风小星显得很乖巧，它一言不发，只是抬起毛茸茸的小脑袋打量着眼前的这位李阿婆——矮墩墩的身材，头发自然打卷，胖乎乎的脸庞，慈祥的眼睛笑眯眯的，说起话来温暖又好听。“原来风景嘴里说起的老人家李阿婆就是她呀，能对我这只头一回见面的小狗狗这样爱护，也难怪她在弄丢自己饲养多年的小猫咪后，会是那么的着急了。对小动物们都很好呢！真是一位好心肠的老奶奶。”风小星心想。此时的它对这位老奶奶颇有些喜爱。

“你就放心去忙吧，有小星星在家陪着我，怪暖和的。我家小猫咪就拜托风景姑娘帮我抽空四处找找哈。”李阿婆不忘在风景转头出门时再嘱咐上两句。

“好，李阿婆，您放心，我都记在心上了，不会忘记的。我先出门了。”风景向李阿婆告别。

风景也抚摸了一下小星星的小脑袋，叮嘱了两句：“小星星，你要乖乖的。我出去帮李阿婆找小咪咪了，就是一只橘黄色的小猫咪。”

自从风小星在前夜有了想要逃走的想法后，它这几天可没少琢磨逃跑计划。原本它还在发愁，如何能趁风景不在的时候离开她的家？这下好了，风景为了帮助李阿婆找猫，竟把自己顺理成章地给带出了家门，这样就有了逃跑的机会。“现在就连逃跑路线都替我规划好了，既然猫都可以从这里跑出去，那么对于无所不能的我来说，想从这里离开，简直就是易如反掌，太容易了呀！这个千载难逢的逃跑时刻终于来到啦！哈哈，天助我也！”风小星乖巧不语，但心中小心盘算着自己的计划。

出了门的风景开始四处寻找小猫咪咪。在找寻猫咪的路上，她接到了居委郝干事的电话，于是匆匆赶回居委会办公室。

原来，春节期间为了更好地服务社区居民，居委会把所有的工作安排与社区物业的日常工作内容结合到一起，相互提醒，互为补充。

风景接到任务后，赶紧回到家里。她先是喝了一杯热姜茶暖身体，再穿上志愿者马甲，就向小区出入口跑去。没错，她现在的任务就是和物业管理员一起，在小区出入口出勤服务。

就在风景认真出勤工作的时候，待在李阿婆家的风小星瞅见一个机会，哎呀，李阿婆靠在沙发上打盹儿睡着了，这阳台门又没合拢，这下子我可以离开这里了！想到这儿，风小星从沙发上跳下来，从门缝钻出去，跳过不高的院墙，一溜烟儿跑远了。小区里路上的行人很少，它跑着跑着，就认出来那远处站在小区门口的熟悉身影了。

是风景，她在大门口出勤做志愿服务啊！风景穿的志愿者马甲让风小星一眼就看明白了。别了，风景，你这里是很好，但是我还是保命要紧，谁让你们地球有着各种各样的可能会要我命的疾病呢！风小星想到这些，它转过头来，朝另一处大门奔去。

风景此刻并未留意到身后不远处的风小星那临别的目光，她依然认真严谨地配合物业管理员开展工作。

跑着跑着，风小星的速度慢了下来，不知为何，现在它的脑子里竟然总能想到风景！风景这个傻憨憨，过年这么冷的天气，不在家吹空调，反倒是跑出来喝西北风，做志愿者服务。她在家自言自语地说，自己这个像“风”一样的女伢子一定要为这里的人们多做一点事，这才是和谐社会互帮互助的关爱之情啊！想到这里，风小星竟然慢慢停下了奔跑的脚步。它想到，自己临阵脱逃，只为保命的行为，如果和风景志愿者义工的行为，还有和这里的一方有难，八方支援的千万爱心人士相比较而言，是不是有点儿太不仗义，太过分了？可转头又一想，反正我又不是这个星球这个国度的人类，干啥要参与这里的事呢，再说如果为此丢了性命，那该多不值得啊。正想着，一声清脆的猫咪叫声，打断了风小星的思路。咦？这么冷的天气，哪里来的猫叫声呀？风小星下意识地朝发出猫叫声的地方望去。

只见一片低矮的草丛里蹲着一只猫，毛皮橘黄色！风小星不愧是才华横溢的多面手啊，它通过与小猫的简单交流中得知，这只小猫自己跑出来玩，在小区里转悠半天，竟然迷了路，彻底找不到家了。而它就是那位李阿婆心心念念的猫——咪咪！在得知这一情况后，风小星又开始思想斗争了，一个想法是，“我管它是小猫咪咪还是音乐哆来咪，眼不见为净，我闭眼走大路！”刚要继续迈腿向前走，另外一个想法又忽然冒了出来，“那位抚摸我头的李阿婆也不知道现在情况怎么样了？猫丢了，我这条狗又走了，找不到我们的老人家醒来会不会很难受啊？多慈爱的老奶奶啊，真不忍心见她难过呢。如果只见我一面就爱惜不得了的李阿婆会在见不到小宠物的时候都那么伤心的话，那么陪伴自己那么些天的风景要是再也见不到我的话，她会不会伤心得死掉啊？那个脑子一根筋，憨憨的风景说不定真的会万分着急，伤心落泪的，说不定还会连累傅强也跟着出来四处打听，到处寻找呢。”一想到因为自己的冲动之举，可能会令风景和很多爱心人士牵肠挂肚，着急上火，风小星就再也无法无动于衷了，它忽然发现与这里的人相处久了，跟着一起改变的不只是它的生活习惯，还有它的思想情操。“我，不是这里的人，但是风景和其他人从来没拿我当外人看待过。他们始终关爱、呵护着我。风小星的思想也在起着微妙的变化，其实，不管发生什么事儿，只要能在这里和他们待在一起，就挺好的！这里的人们在遇到困难的时候，总是万众一心，众志成城，每个人都在尽力贡献着力量，陌生的彼此都在守望相助，我又如何能弃他们而去，独自逃跑呢？像这样自私地苟活逃命，丢下爱护我的人们，即使我侥幸活了下来，那又有什么意思呢？”

此时此刻的风小星突然想起了以前，在路上偶遇相识的小猪——滚滚，在那时，滚滚有一天就和风小星闲聊，它说过这样一句话，能在一起活，死了也值得。只可惜，当时的风小星并没有真正理解这番话的意思，还嘲笑憨憨的滚滚只会傻笑，以及尽说任谁也无法听懂的糊涂话呢。反倒是现在这一刻，风小星似乎突然悟出来了，或许看起来傻乎乎的，毫无招架之力的，只会吃了睡的小猪滚滚才是最聪明的那一位吧，生命短暂的它早就参透了：绝不能孤身一人活，情谊是每个人都需要的坚硬后盾，彼此在一起，才能活得更有意义！

想通了的风小星这下子不再犹豫不决了，他让小猫咪起身跟着它跑，一直朝着风景的方向奔去。

站在大门口做志愿者的风景被换班了，她结束了今天一天的志愿者义工服务，转身离开的时候，忽然发现了一直蹲守在道路一旁的风小星以及一只橘黄色的猫咪。“风小星，这，这莫不是李阿婆的猫咪咪吧？！你们怎么在一块儿呀？太奇妙啦！走，先带你们回去再说。”说完，风景兴高采烈地带着它们朝李阿婆家走去。

当李阿婆再次看到被送回来的小猫咪咪的时候，老人家开心得像个孩子，其他事情都忘记到脑后了，只见她说：“咪咪，我好想你呀！”然后，就把猫咪接过来，抱在怀里轻轻抚摸。

“喵喵。”橘黄色的小猫咪也显得有些激动，它在主人怀里撒娇，仿佛在回应主人的话语：“喵，我也是啊。”

风景把李阿婆家阳台上的门稍稍修理了一下，这下子，只要轻轻用手一带，门就能严丝合缝地关闭上，再不会关不拢了。

风小星在与小猫咪咪告别之时，也听懂了它的叫声，今后这只小猫咪再也不会到处乱跑了，因为它舍不得再次离开深爱着的李阿婆啦，它会好好陪在她身边！

“久别重逢的场景大概就是这个样子了吧，我也是啊，真的好想你。”风小星也是这样想的，它多想向风景说这样一句话，可又一想，“如果风景发觉我曾出逃，估计会气得直跺脚，骂我是懦夫吧。幸好我回来了，补了一课，再也不走了。”于是跟着风景一路小跑到家。粗线条的风景并未去问“这风小星怎么就跑出来了？”“咪咪怎么就和你一起回来了？”诸如此类的问题。

在风景看来，找到了咪咪，就皆大欢喜，圆满交卷了！她心想，风小星功不可没，需要好好鼓励一下。于是，她又加了些好吃的在风小星的狗粮里，招呼着风小星过来吃。自己则是赶紧洗洗准备休息去了。睡前的风景心想，这一天真累，但都很值得啊。

人生就是这样，此时相聚，说不定下次便会永远缺席，所以在每一个相处的日子里都要好好珍惜与守护。很多时候，这个世界都会发生突发状况，不是所有人都能幸免于难，健康地活着，但人间越来越多的人会站出来，伸出手，只为能扶你一把，护你周全！愿每个人的生命里少些病痛折磨、苦难挣扎！

第十一章
星空寄思念　献血与表白

风景接下来的几天社区志愿者工作都在有条不紊地进行着。她每天都会和远在广州的母亲视频通话，为此她还在微信里，建了一个聊天群，方便大家相互沟通情况，提供帮助。当看到亲戚们身体健康，母亲身体、心情也都还可以，风景感觉无比满足。她突然思念起已过世的父亲。“好好地活，做有意义的事！”这是自己小时候父亲常常说起的话，那时候的父亲也常常带着她，坐在明亮的夜空下，数星星。

“小景，快看天上的星星多亮啊！”父亲轻轻拍了下风景的肩膀，提醒她抬头看星空。

“是呀，爸爸，它们多亮啊，太美啦！可是，星星为什么都在天上呀？”稚气未脱的小风景好奇地问。

“傻孩子，那是它们的家。”父亲轻言细语。

“哦，原来是这样啊。爸爸，星星如果没有了，再也看不见了，那可怎么办呀？我好想永远都记住它们的样子！”幼小的风景又在向父亲发问了。

“你会永远记住它们的，你不信啊？！小景，像这样，你呢，慢慢地把眼睛闭上，看看你是不是发现它们还在眼前呀？”父亲启发着小风景。

小风景很听话，她照着爸爸的话去做了，缓慢地闭上了自己的眼睛，然后她兴奋地大叫着：“真的！爸爸，那些星星它们全都在我眼前啦！太神奇啦！”

“哈哈，你看我说的是对的吧！小景，我们人类本来就是在星星上出生的。我们的这颗星星叫地球，所以我们每一个人，都有着星星般美好的心灵。只要好好地活，做有意义的事，将来某一天，当我们失去生命，消失不见的时候，我们也会搬到天上去住，成为闪亮的一颗星！”说完，父亲抬头望着天空，眼睛闪烁着明亮的光芒。

“我离世的父亲，现在您住在天上的家，那里一切都好吗？生前是医生的您，救过很多人的性命，去了天上的您，我也希望那边会有好人可以陪伴您！我好想念您啊！我知道您从未离开过我，一直陪在我身边。因为我一闭上眼，您和蔼可亲的样子就会浮现！是您说过的，唯有遗忘，此人才会真的逝去！唯有记忆，便可使他人永生！我一直记得您的话，我深爱的父亲！”想到这里，风景拉开窗帘，看着群星璀璨的夜空，她知道在那片天空里，还有着无数的为保家卫国而牺牲的革命先烈，每一颗星都代表着一位值得敬佩的人！

这一天，风景接到公司工会廖红主席的电话。

“喂，Jessica，我是Nacy。你好呀！公司工会有两件事简单布置一下哈。一是公司行政部已出通知：春节假期办公室每天要安排一人值班，这个排班表，行政部会结合各个部门的意见汇总制订出来，我们需要做的是保证这些同事值班时的清洁卫生和吃饭问题。这个我们等下在工会群里也要一起讨论一下，看如何配合行政部把这方面的工作做好；二是上海血液中心在招募健康人士进行无偿献血，这个和以往一样，不强制要求，群里发有上海血液中心的官方二维码，愿意参加的健康人员就自行扫码加微信，自己上官方平台预约献血即可。各区的采血室会在每个日期时间段里限制前往人数，错峰采血人员自行前往献血，避免问题的产生。”电话那头的廖红言简意赅，她很快地安排完公司工会的各项工作，声音洪亮而坚定。

按照计划，春节值班表公司行政部已出通知，放进公司微信群的公告栏里了，每位员工也都看到了。公司工会在这个时候一方面要协调好员工，通过打电话，发微信等方式进行联络与汇总，特别是远在外地老家尚且无法回沪的员工及家属安全状况；另一方面也需要尽量为大家多做些事情，提高公司员工与公司之间的凝聚力与向心力。

“好的！ Nacy 我记住了。我马上写内容，通知我们的工会工作群，也会主动电话联系，通过微信搜集其他干事的想法建议。您布置的工作，我保证完成！”风景非常赞同廖红主席的想法，越是在这样放假、休假的时刻，工会组织的功能越是要注意体现科学性，更加合理地发挥出来，只有这样，才可以起到更大的作用！团结员工，团结部门，团结公司！团结一心，努力在世界经济浪潮中生存、稳定、发展！

风景把公司工会布置的任务完成后，她暗暗下了一个决定，一向害怕打针上医院的自己，这次一定要站出来，出一份力，尽一份心。风景在上海血液中心官方平台预约了自行前往献血的时间。由于家附近的医院都预约满了，风景只好选择了公司附近的上海血液中心去献血。

按着预约好的时间，等到了那天，风景提早出了家门。她坐地铁到了公司附近，一看手机快到预约时间了，于是，连忙在手机上叫了一辆出租车过来。很快，一辆白色的出租车停在风景的面前，风景低头往车里一瞧，司机是一位胖大叔。

风景感觉这个司机应该是个头不高，因为驾驶座的靠背高度与他头顶的落差比平常人高出了那么一小截，司机师傅脸庞胖又圆，敦实而稳重，他握着方向盘的手指头丰满之至，由于风景坐在汽车后座上，她看不太清楚司机具体的五官。

“司机师傅，去长宁区虹桥路 1191 号的乘客就是我！”风景见车停下来，看清楚车牌号后，就一边赶紧跳上车，一边打起招呼。

“哦，好的，这就出发！我开车出来晃悠老半天了，才拉上了你这一单生意。哎，还是个短途的，没办法呀！没有了平日工作时候的早晚高峰，路上人又不多，加上现在老百姓生活条件好，有私家车的人是越来越多，国家公共交通便宜又发达，别说地上的交通工具，就说这地下的，这地铁线路都已经有十几条了吧，早就通着九曲十八弯，一路奔向长三角了！哎，于是乎，这选择出租车出行的人是越来越少，越来越少了啊，这一行现在不好做啊。”开车的胖师傅絮叨了一小会儿后，主动关了话匣子，车里一片安静。

“师傅，就停这儿吧。”风景远远地看到前方目的地路面上有搭建施工用的架子，担心不好停车，于是就招呼司机，准备提前下车。“师傅，我到了前面的房子里，等充上电，就用手机支付车费哈。我手机昨晚忘记充电了，现在只有百分之一的电量，我担心一会儿时间不够……”风景话还没有说完，就被司机胖大叔的话语给打断了。

胖师傅先一口回绝了风景想先下车后付款的想法，然后又以煽情的方式转过头来说服风景。“哎呀，这个时候出门谁都不容易啊！姑娘你着急时间，我抠门钞票！说真心话啦，如果我拉一个短途生意，都还不能马上收到钱的话，接这活儿得胸闷一天，姑娘，你还是就在车上，开下自己的流量，用这最后一点电，把车费先支付了，好吧？因为我遇到过不少人回头事儿忙就忘记了，需要叫车平台后续提示才恍然大悟，原来自己还有这样一笔车费需要支付呢！”

“原来这位胖大叔是担心我赖账呀，也对，坐人家的车，怎能再给人家心里添堵呢。”想明白了的风景赶忙改口打消司机的顾虑，她说:“我明白了，司机师傅！您放心，都听您的，我现在就试着用手机付款支付给你哈！”

血液中心的护士专业又耐心，整个献血流程，从一楼测量体温、填表，再到二楼，取报名电子表及顺序号，再测量血压、检测血液，提供免费小吃及饮料补充营养，清洁手臂，扎针采血，采血后观察 15 分钟，最后领取无偿献血证，这一切步骤都很顺利与快捷！

回到家，风景接到了傅强打来的电话。

“喂，景，听说你今天去无偿献血啦？给你点赞。我今天晚上去你家一趟，这次我听你的，既给你家风小星带狗粮，也送煲好的汤给你喝。你呀，献血后的这段时间，要多注意休息，至于你的营养我都承包了。告诉你一个好消息，我们留学生群这边已经募集到了三批物资与人员了，现在已经陆续报备到上海市儿童福利院，准备好听从统一安排与调遣了，能继续为这个城市里的未来之星——小朋友们做点事情，能为你和小星做点事情，是我现在感觉最有意义的事了！”电话那头傅强的语言朴实无华又有力量！

“那太好啦！强子。你的这番话都说到我心坎里了！其实，要我说，你才是值得点赞，让我心生佩服的那一位呢，你很早就是上海市血液中心无偿献血志愿者服务总队的队员了，你的勇气是我一直都很缺乏的！”风景的话语显得有些激动，她一边在电话里与傅强交心闲聊，一边用手轻轻地拍了拍风小星毛茸茸的小耳朵，仿佛这些话也是在说给它听的一样。

原来风景一直胆子就不大，害怕打针。上班后每年公司体检时，一到了验血环节，那对风景而言，就都是恐怖片儿啊。她的那个心理建设每每都是要做老长的功课了，整个人“怂”得不得了。上学那会儿学校呼吁无偿献血，这该是多么光荣的任务啊！可是每每要降临时，风景都会能躲就躲，找个借口理由什么的，能不去就不去献了。没别的原因，就是害怕扎针，无法迈出这一步。

“没想到活到这么老的我，今天终于能够主动说服自己，鼓起勇气，顺利完成了这本该早点儿经历的事！说实话，我这内心深处真的是充满着无限感慨。现在的我突然开始理解：好好活着，要做有意义的事，只是我做得太少了！”风景体会深刻地说。

风小星此刻见风景坐在沙发上休息，它自然也就撒娇地赖在风景的腿上，一动不动，不肯离开。其实，它对于风景选择独自出门，在外忙活一天，究竟是去干什么？像这样的问题，它是一直都很有兴趣想知道的。

“景，你别小看你的200毫升这为数不多的血液，在将来某一天，对茫茫人海中某位人士在急需之时，是绝对能够有那么些许作用的！在行善举，尽一份绵薄之力时，你能克服胆怯，鼓起勇气，迈出这一步，对你自己来说，这个收获同样更加有意义。原来平凡的我们也是可以完成曾经自己认为做不到的事情呀，这可比没事时，闲聊天、打牌、打游戏要来得有意义上千万倍。”傅强鼓励着风景今天的这个善举。

“是的，强子，你说得太对了。只不过呢，曾经对于我而言，做不到的事情，我今日做到了，那么你说，有什么事情会是你傅强一直想做，却又不敢去做的事情呀？”

风景有些好奇地问。是啊，傅强刚才的一番话，给了正在聊天中的风景一个新的话题。

“嗯，那，那，是表白，我不敢表白……”傅强迟疑了一下，但还是真诚地向风景说出了答案。

什么情况？傅强该不会今晚打算在电话里向风景表白吧？！风小星听到这里，更加来了兴致，它连忙竖起了耳朵，用心聆听。

“表白？你是说你不敢表白？强子，那你想表白什么呀？你这表白是打算说给谁听的呀？”傅强过于简单的回答显然是让风景很感兴趣。于是，风景不解地问。

“呀！你这丫头还真是献血让你胆儿变大了呢！想打破砂锅问到底，是吗？景，你确定你想知道？好，那我就老实地回答你，不过，你听好，我好话不说二遍！我想表白的对象是你，风景，我想表白的是——我爱你！”电话那头的傅强声音洪亮且郑重其事。

“啊？！强子，你说你爱我？！不，不，你再说一遍，我刚才没有听得很清楚，你再说一遍嘛。不都说，重要的事情说三遍嘛，什么好话不说二遍的，不算数！”风景在电话这头儿要赖，非得让傅强重新说。

“话都被你自己复述出来，精确得跟复读机似的，你还说你没有听清楚？景，你这疯丫头明明就是自己想听甜言蜜语，故意的吧？你听好……”傅强终于鼓起勇气，对着电话那头的风景一口气说了三遍“我爱你”！

“呀！我都听到了，强子，干吗说话这么大声啦！不就是你爱我嘛，我也爱你，傅强！这下你该满意啦，能给五星好评了吧？表白没有让你空手而归，今后我满满的世界里都有你的份儿！”电话这头的风景出人意料地大方接受了傅强爱的表白。

哇，太好了！“没头脑”和“不高兴”终于捅破窗户纸，走到一起啦！风小星心里万分感慨。同时，它又觉得：如果我是地球人，傅强你就死定了。因为风景只会爱上我，我会一直守护她。

这个“没头脑”是风小星给风景取的绰号。从风景当初把没病当有病的它抱到宠物医院去就诊时，它就已经认定了这个姑娘的智商不高，再加上，傅强对风景一直情有独钟，暗恋许久。这明眼人都看得出来，并且傅强自己都已经暗示过多次了，可惜风景全都没往爱情那个方向上去想，直到这次傅强心血来潮的“生猛”表白，这才让风景恍然大悟，原来自己竟一直被蒙在鼓里，这才赶紧风风火火地接受了对方的一片心意。就这个情商水平，风小星断定风景也是不高的。所以“没头脑”这个绰号简直太合适风景了，非她莫属！

至于傅强的这个绰号“不高兴”，这就完全有点牵强了，这主要是来自风小星个人的小情绪。说不清是傅强的一副冷面孔，又或者是他说话犀利的毒舌论调，再或者是他抢占先机：能与风景从学生时代就成为朋友的这一不争事实吧，反正统统这一切都让风小星心感不爽，很不高兴。通过对傅强这几个月的观察与认识，风小星很清楚傅强人品好，他会和风景是同一类人，两人的三观神之契合，这两人如果能走到一起，牵手成功，那简直就是天作之合，完美登对！这一点尽管风小星是非常清楚的，可是，当它看到傅强和风景两人走得近，关系进展得不错时，它还是会有深深的醋意，甚至于风小星会很羡慕傅强。因为地球人傅强可以与风景自由地在一起，天长地久。

幸运的是，理智战胜了情感，风小星几度挣扎后，还是选择真心祝福这对有情人！它把自己对风景热烈而温暖的情意收藏起来，毕竟，能像现在这样，作为一只宠物留在风景身边，这已让风小星这个外星人感到知足与快乐。

今天傅强突如其来的示爱并没有令风景感到犹豫或者为难，反而终于让风景有机会搞明白一件事情，那就是为什么她和傅强彼此微笑一次，能让对方高兴好几天？为什么看不到彼此或者看到对方哭一回，会让彼此难过好些年？原来他们两人多年相识、相知的情谊远远超出了友谊的范畴，爱被升华了，那是携手到老，风雨同舟，共享人生的美好爱情。在这个城市生活越久的风景和傅强，他们越发看到了这个国家的人民都充满着人性的温暖与光辉，看到了这普通人间里数不尽的真、善、美。是的，到处互帮互助的心灵之花都在悄然绽放，成为每个普通人命运中最美的点缀。人应记住该记住的，改变能改变的，接受应该接受的。每个人应该更加理解该如何与时间相处，与生命相处。是啊，时间可贵，生命太宝贵，人就不该兜兜转转去浪费时间，而是应该抓紧时间，该说就说，该行动就行动，不要在原地空等待。而对于此时此刻的风景来说，接受傅强的爱就是她的心愿。她接着对傅强说："不是我勇敢，是因为你一直都温暖着我的手。谢谢你，傅强先生，让我知道你在爱我，所以请让我微笑着和你一起手牵手，续写我们的未来！"

这时，风景客厅里的电视机正在播放着知名医生登上流动献血车，正在撸袖，欲献血救人的真实画面。正逢6月14日世界献血者日，他无偿献血的行为正好成为最好的代言，他热切地呼吁市民积极献血。作为医生，他了解血液对于患者的重要性，他认为献血是一件"平常事"，只要符合条件的朋友都应该"为爱举手"。"为爱举手"不再是一句空洞的标语，而是最郑重的承诺，彼此默默付出和爱心守护，让心灵更加靠近，让城市更加温暖。

是啊，岁月静好，曾经多少的故事都留在了时间长河里，奔流不息。不论如何，让平凡的我们用一生去努力记住那些一直为了这片山河，国与家的安宁，默默守护并且甘愿奉献牺牲的人们。也让普通的我们努力学习用自己的行动保家卫国，守护好这片充满爱的土地！

第十二章
少年路边救人　米酒醉人人自醉

接下来，连续几个月的爱情升温，风景与傅强也终于公布恋情进展——他们订婚啦！

这个周末，傅强在社区临时搭建的直播间直播家庭饲养宠物的系列讲座，所有内容在网络视频、官方网站都有播放。风景这一天吃完晚餐后，独自带着风小星出门，去逛社区附近的宠物店。她走着走着，发现前方道路不远处围了一群人，她拉着牵引绳，带着风小星挤进去一看，一名老伯倒在地上！有一名身穿高中校服的男同学正蹲在地上。

“发生什么事情了？”风景轻声问道。

人群中有好心人回应了一句：“陌生老伯倒地，这名高中生正在救人！”

原来，这名高中生刚从旁边经过时，发现有一位老伯倒地，于是，他停下脚步，先用海姆立克急救法按压了两下，见老伯没有吐出任何食物。他又赶紧进行下一步的施救，他让老伯平卧，发现他的脉搏微弱，体温下降，脚下有液体，说明老伯已经出现小便失禁的情况，仅剩微弱的喘息。这名高中生分析，这一切非常符合心脏骤停的特征。事不宜迟，情况紧急，救人要紧，他下定决心，一定要救活这位陌生的老伯。好在生物课上老师有教过关于人体非条件反射的知识，小便失禁只有两种情况，一种是生理疾病，一种是大脑完全不受控制。加上从小学到高中，他所上的学校都开设有急救课程，也都曾进行心肺复苏和救护包扎技能培训和考核。而平日里他对医学知识也颇感兴趣，常与其他同学聊起院前急救的话题。

就在这名高中生大叫自己需要帮手时，他一抬头发声的瞬间，就让风景立刻认出了眼前人。

“刘泽！我是风景阿姨，我来帮你！”说完，赶忙走了出来，扔下手中的牵引绳，帮助疏散围观群众。

其他的群众也很受鼓舞，他们并没有站着闲看，有的人蹲下来，帮忙解开老人胸前纽扣，有的人在帮忙拨打医疗救护电话120，大家心照不宣地在做力所能及的事：不给刘泽救人添乱！

虽然这是第一次“真刀真枪”的上手救人，可是刘泽没有因为自己年纪小，就慌张莽撞，反而他显得异常沉着冷静，他脑子里只有一个念头，我的母亲在天之灵一定会保佑的，这个生命绝不能还没有抢救就这样消逝。由于马路上没有公共交通站里配备的便携式 AED（自动体外除颤器），于是，刘泽开始体外按压，做人工呼吸。经过五六分钟的连续按压，他惊喜地发现，老伯有了自主呼吸！但刘泽不敢就此停手。没有牵引绳的束缚，风小星此刻奔跑十分自由，它很想自己也能帮上忙，于是，它跑到一边，向马路上张望，远远地它就看到了有一辆出租车向这个方向驶来。风小星转过头去拼命地“汪汪”大叫。风景循声望去，她也一眼就看到了行驶中的出租车，立刻明白了风小星的意思，于是，她赶忙跑到马路边，向出租车司机挥手打手势。很快，出租车停在了风景面前，她一边招呼刘泽把老伯抬上车，一边把情况简单告知给司机师傅。

“师傅，有位老伯需要马上急救，拜托您，请去最近的医院！”风景话语恳切而坚定。

这时，有几名群众主动上前帮刘泽把老伯一起抬上出租车，然后，刘泽和风景都赶忙上了车，风小星也连忙跳上车，蹲在风景的脚边，不言不语。

“好！”社会经历丰富的司机师傅一看这种情况，他二话没说，连忙迅速启动出租车，发动油门，快速朝最近的医院驶去。

就在出租车上，风景接到了傅强结束直播课程后打来的电话。在电话中了解到这些突发情况后，傅强也急忙开着小车，驶向医院。

在出租车师傅的帮助下，老伯被及时送进了医院急诊室，现在医生和护士正在为他急救与检查。几个一路悬在嗓子眼儿里的心都渐渐放了下来，刘泽拿起老伯的手机，按着通讯录上的名字，联系老伯家属。

风景走到出租车师傅跟前，欲说话时，她认出了司机的这张脸，由于刚才天黑情急时也都没有顾得上细看，现在才发觉，彼此都是曾经见过的人啊！

“是你呀！胖师傅，我就是在长宁地铁站上您车的那位乘客，您载我去的上海血液中心，我提前下车，当时我说手机剩余一点儿电，想下车以后再付款，你非要我马上付款，您记起来啦？！”风景努力提示着，好让这位出租车司机回忆起那次载客经历。

“哦，哦，对，对！你就是那位，那天我好不容易接上的第一单活儿，还是个短途生意！我想起来了。”出租车司机胖师傅恍然大悟，任谁也没有想到第二次还能遇上，并且竟是这样的场面！于是，他的话也多了起来。

“司机师傅，辛苦您了！您不是经常跑浦西的吗？怎么大冷天晚上，跑浦东来了？刚才幸好遇见您的车，才能这样快速与及时地送老伯进医院。”风景一边感激，一边好奇地问。

“这几个月，生意明显好做了。客人进出市区的长途生意也多了起了，这不，我刚做完一笔生意，还在琢磨着再接一笔生意，因为自己不愿意白白耗汽油，就这样返回浦西，最好能稍带上一位恰好也回浦西的客人，这样我既省了油钱，又能再挣上一笔钱，我也能顺利回到浦西家里。”出租车司机快人快语，他随手擦了一下额头的汗水，因为刚才集中精神开车，车一停，他又抓紧时间帮着刘泽一起抬着老伯进医院，其实自己早就大汗淋漓了，可就是一直没顾得上擦。直到现在他才放下心，掏出兜里的纸巾来擦把汗。

“是啊。对了，胖师傅，我现在就把刚才的车费给您结算一下，不能让您等太久，谁过生活都不容易的。”风景说罢，准备扫码付款。此时的她想起那次令她难忘的乘车经历，那次经历让她难以忘怀的是，对这位出租车司机的特别印象：一位对钞票计较又抠门的胖师傅，风景可不想这次又被追付款，于是，她主动说起车费一事。

“哎，这车费我可不能要啊。姑娘你这话是说对了，谁过生活都不容易，拖家带口的，上有老下有小，但是，谁都有个亲朋与好友什么的，任谁都不愿意失去亲人。这车钱我不能收！因为我也想通过自己的一点点努力，能够让这位陌生的老伯有可以活下来的机会。就这么简单，这就是我的想法！谢谢你啊，姑娘。我先走了，现在再出去跑车，大不了多加会儿班，再把车钱给赚回来，有机会再见哈。”说罢，胖师傅大手一挥，意气风发，扬长而去。

原来这个日新月异、万象更新的大上海，它潜移默化改变的不仅仅是我们的生活方式，更多的是令我们的思想也在发生着转变，从各行各业走出来的劳模平凡而伟大。他们有来自医疗战线上的医护工作者，有驻守边关的部队战士，有检查出入境的海关工作人员，有海外学子，有教师，有工人，有白领，有物流快递小哥，有汽车司机，有直播带货的网络红人，等等，多得数不清。胖师傅也从电视、报纸杂志、视频中看到许许多多的人，他们为这个社会的安定与团结默默奉献与牺牲。他自己也为之深深触动。他有时也在想，对于钞票，自己一向都很在意，很抠门的，因为他想一家老小依靠自己的收入可以生活过得更好一些。但是胖师傅更加希望自己的一家老小可以一直像这样好好地活着，所以，他就琢磨着，到底什么才是好好地活呢？后来，他恍然大悟，好好活着就要做有意义的事！就比如今天大家都在搭救陌生人，自己为什么不可以加入，成为一分子呢？

出租车司机的行为让风景感到敬佩。就在这时，她看到了一个熟悉的身影，向她走来。

“景，现在情况怎么样了？”傅强气喘吁吁地问。看得出，他一路没少奔跑。

“医生和护士已经在治疗了，老伯的家属，小泽也已经联系上了，说是已在赶来的路上。”风景连忙把刘泽招呼到身旁，把现在的些许平稳的信息告知傅强，好让他放宽心。

“小泽，你真的长大了，你太棒，太了不起了！”说罢，傅强的手轻轻搭在刘泽肩头，拍了两下。平日里的傅强没少听风景提到这位家境贫寒，但充满理想与抱负的阳光少年——刘泽。有时，他也会抽空帮风景的忙，指导一下这位少年功课上的难题。毕竟，在傅强看来，这风景的智商是无法用多吃美好食物就能补足的硬伤啊！有时候呢，刘泽同学在微信上留的功课难题，也只能转交由傅强亲力亲为，免费上门教学。时间久了，一来二去的，他与刘泽也相互熟络起来，处得就像同胞兄弟。

“傅大哥，每次能听到你的夸奖，我都好开心，都能让我信心倍增呢！”说完，刘泽不好意思地用手轻轻地挠了挠头发。

“喂，你们哥俩什么时候关系这样亲近啦？我怎么都不知道呢。小泽，你这小子，故意气我，是吧？他是我男朋友，但是，管我，你叫风阿姨；管他，你叫傅大哥，哼，我有你说得那么老吗？”风景故意撇嘴，气呼呼地大发醋意。

“风阿姨，我知道你一直都很疼爱我。我也喜欢风阿姨。只不过，傅叔叔真的高颜值呀，我同学见过傅叔叔的都说他帅，像明星！”刘泽笑嘻嘻地撒娇。

都快高考了，还追明星呢。告诉他们，傅叔叔应该叫阿加西，阿加西！你们都故意气我，是吧！再说，你的傅大哥这么阳刚，像战狼，像我国战狼才对！”风景瞪着圆眼睛，假装生气地说。

“哎呀，景，你这是干吗呀，连你自己都说了，小泽他们快高考了，再说阿加西的也进不了高考试题里呀，把书读好最重要，随便孩子们叫吧，一个称呼而已，再说，不管是像什么的傅强，不都在你身边，很喜欢你吗？这还不够吗？”傅强果然了解风景，几句彩虹屁就吹进了风景的心窝。

风景听得似懂非懂的，露出了甜蜜的微笑。

安静蹲在风景身边的风小星将这一切都看在眼里，它暗自偷笑，风景这个木头脑袋，也多亏有这样一帮子人美心善的大人小孩包容着，才让她没有成为废柴一根呀！

这时候，医院广播正在反复通知：“请志愿者团队迅速集合，非发热门诊的常规工作需要辅助人手。”

原来，院里其他护工已被调集到发热门诊投入临时性的工作去了。傅强虽然是一名治疗宠物的兽医，但是同为医疗系统的一员，他对于这广播内容还是相当熟悉的。他明白这意味着医院需要人手帮忙，哪怕是志愿者团队也是能发挥作用的。

于是，他转头对风景说："你陪刘泽在这里等家属来换班，听这广播的意思，医院需要人手帮忙，我有工作证，另外上海志愿者证我也有带在身上，既然来了，就要起点儿作用，我去那边的志愿者团队报到，希望自己可以发挥些作用！等下电话联系哈！"

风景一口答应了。在傅强去志愿者服务的时候，老伯的家属匆匆赶到。

原来当天傍晚，65 岁的张老伯兴冲冲地出门参加了一场老友聚会。或许是见到老友们过于兴奋吧，又或者是晚上天气不适应，老伯出了餐厅后，路上没走几步，就感觉整个人非常不舒服，没料想，转眼就倒在了马路上。幸好，刘泽在与同学打球分别后，也从这条马路上经过，留意倒地的老伯。就在上车到医院的前五六分钟的时间里，刘泽对老伯进行了心肺复苏，这持续性的抢救动作，为老伯抢回了一条命！

当老伯家属感激高中小伙刘泽时，刘泽又是很不好意思地轻轻挠挠自己的头，温和地说："不用谢我，我只是做了力所能及的事。我从小喜欢打球，最高纪录是一个小时连续颠球 2300 下。所以，在急救时，我这一身颠球的功夫自然就派上了用场。多年前，我母亲在一次发病后，不论我在病床前怎么叫她，她都没能再次醒来，当我看到倒地的老伯时，我就想着不能眼巴巴地看着他的生命就这样消逝，我一定要为他做点什么！再说，我家境贫寒，平日里没少接受企业工会、街道，阿姨、叔叔们给予我家的帮助与关爱，我也想着自己有一天长大了，也希望能像阿姨、叔叔们那样，为其他需要的人尽自己的一份力量！今天我做到了，我想母亲在天有灵看到的话，她一定会很欣慰的！”

与老伯家属别过，风景带着风小星先送刘泽回家，然后自己也回到了家。傅强短信留言，等他医院志愿者服务结束后，有空再去找她。风景表示同意，并在手机短信中交代傅强要照顾好自己。

住了二十多天医院，从鬼门关上走了一遭的张老伯后来终于健康出院了。张老伯也为这个勇敢而智慧的高中少年亲手送上了一面锦旗表示感激。刘泽的这件好人好事被社会新闻媒体争相报道。有一天，当风景打开电视机，看到新闻播报的时刻，她真替刘泽开心。原先的弱势群体在接受社会的关怀与帮助后，他们不断地成长，懂得感恩与回馈，能在力所能及的情况下，去帮助其他人。危急时刻，少年刘泽没有去想万一老人没有被救回来该怎么办？万一是“碰瓷”遭到讹诈又该怎么办？少年刘泽通过自己的努力，让这个社会都看到了他的善良、智慧与力量。普通的人有着不平凡的爱心，真是太棒了！

这一天风景真是感到高兴，傅强忙完工作后，约她吃饭，被风景拒绝了。风景说她要亲自请傅强，餐厅嘛，就设在自己家的客厅，风景亲自下厨，炒了三个上海小菜：四喜烤麸、红烧鱼块、清炒上海青，然后，点了两份武汉热干面的外卖，还把老妈放在家里存了好久的湖北孝感米酒给搬了出来，偷偷喝了。

米酒是一种以糯米为原料的酒，色白，酒水略微浑浊，酒香四溢，口味甘甜，入口柔绵，后劲儿较足。果不其然，两大碗下了肚后，不胜酒力的风景平时里矜持端庄的模样荡然无存，只见她一脚踩在地上，另外一只脚搁在沙发上，甩着头发，手里拿着一只拖鞋当麦克风，正在飙高音，撕心裂肺地大声唱：“死了都要爱，不淋漓尽致不痛快，感情多深只有这样，才足够表白……”再看她时，醉酒的风景突然停了下来，正吃着鱼块的傅强也被她弄得莫名其妙的，筷子停在了半空中，风小星在一旁闷头吃着好吃的狗粮，见风景突然不发声了，它也觉得很意外，于是，抬起头看向她。只见风景往常那双灵动的眼睛此刻眼神有些迷离，白皙的脸颊上微微泛着红晕，原本整整齐齐的发丝也被她舞动得零零散散，乱七八糟地糊在了脸上，她突然张开手臂，仰头大声地对着天花板叫嚷着：“是他，是他，就是他，小哪吒！谢谢你，傅强，我爱你！谢谢你，风小星，我要永远和你在一起！”这种独特的撒酒疯似的表白，别说人家傅强了，就连风小星也都完全被震住了，傅强刚准备放进嘴里的一块鱼肉一不小心就从筷子尖儿上掉了下来，他还是目不转睛地看着风景，想看看她还要说些什么疯话。只见风景顿了一下，头垂了下来，就在她即将要一头栽倒在沙发上的时候，傅强一下子起身抱住了她，把她扶在沙发上躺下，风小星听到风景说要和自己在一起，甭提多开心了，它洪亮地“汪汪”吠叫了两声，又见这两人如此亲热地抱在一起，感觉着自己此刻有点多余，像这里人类常说的“灯泡”，又大、又闪、又碍事，它不好意思去看，于是，发出两声撒娇的声音之后，它就主动地及时调换了所站的位置，背对着沙发，继续若无其事地低头吃狗粮。

“呀！我钟情一生的女人是个醉酒疯婆娘，是吗？这宠物犬怎么都成精了呢，这样善解人意。你，风小星，还真是一心一意为主人着想啊。可是，你家主人却给客人下套呢，我饭都还没吃饱呢，她倒好，已经醉得不省人事了，还要我来照顾她，这一桌子的菜，这锅、碗、瓢、盆的，还不得我来清洗呀，我这忙了一天，到这里吃个饭还得做义工啊！哪有这样的待客之道嘛！”傅强看着熟睡的风景胡乱抱怨了一通，十分无奈地起身给她拿被子盖，又简单吃了饭菜后，进厨房刷锅、洗碗、清洁桌子去了。

风小星一贯都是只要看到傅强被风景“虐”，就会有一种无与伦比、喜从天降、沾沾自喜、洋洋得意的超级愉悦感，于是它心想，“谁让你傅强是风景深爱着的男人呢，受点罪也是活该的！你就知足常乐吧，小哪吒！”

初秋的夜总伴随着凉风经过，这风儿时而撒娇似的，拂过大地身边；时而哼着小曲儿似的，飘过万物耳畔。甜美安静的情景没有因为风的加入而被破坏，反而因为风的协奏，不由令人产生美好的羡慕！

第十三章
参加志愿帮扶队

时间过得飞快，转眼到了年末最后一个月份了，12月20日风景接到工会布置下来的任务，抽调工会基层骨干同志一起参与市里的帮扶宣传志愿者队，风景所在的小分队需要前往玉树偏远山区。

“玉树，那是傅强正在出差的地方。”风景心想，也满怀期待。她服从工会的安排。于是从公司下班后，她把风小星暂时寄养在社区宠物医院“小鱼干”那里，就赶忙回家收拾行李。

12月22日上午8点整，天气晴转多云，气温5摄氏度，小分队按时在浦东机场T1航站楼集合，领队清点人数，说还有一名志愿者已先行抵达目的地了，这样其他所有成员到齐后，换好登机牌，一行人登上了去往青海西宁曹家堡机场的飞机。飞机上午8点50分起飞，飞行3个多小时之后，飞机顺利抵达西宁曹家堡机场，时间是 12 点 15 分。大约 12 点 45 分，风景所在的小分队一行人顺利出了曹家堡机场。

由于小分队时间短，任务重，大家出行都匆忙赶路，也没顾得在路上寒暄几句。尽管如此，风景还是认出了与自己同一小分队的赵医生、王工程师，还有教师祝老师。能和这些正能量满满的先进分子一起进行志愿服务，风景感觉无比光荣，她要珍惜机会，努力向这些优秀的劳模、工匠、老师学习。

大家顺利地联系上了当地负责接洽的工作人员，尽管小分队的所有成员以前都有高海拔出行的经历，但为了防止玉树地区海拔高，大气压低，导致高原反应的出现，大家都分别吃了些能增加身体对低氧耐受之类的药品，同时，也带上了增加心脑供血之类的药品，以及增加抵抗力的药品。稍做休息后，一行人就踏上了从西宁开往玉树的大巴。这车身很好辨认，因为车头前面的车窗处贴有国旗：五星红旗的小贴纸，也贴有这次上海志愿者服务小队的标识：白玉兰。

青海沿途的天气多云，天气异常寒冷。

青海省玉树市位于青海省西南部，位于青藏高原东部，地处玉树藏族自治州东部，西南与囊谦县为邻，西和杂多县毗连，西北与治多县相连，北和东北与曲麻莱，称多县以及四川省相望。其总面积 13462 平方千米。玉树市地形以高原为主，通天河、扎曲、巴曲流经。这里属典型的高原高寒气候，全年无四季之分，只有冷暖两季之别，暖季只有 4 ~ 5 个月，冷季长达 7 ~ 8 个月，1 月均温零下 7.5℃，7 月均温 12.5℃，年均温 2.9℃。

这些年，国家一直在考虑一个问题，那就是气候严寒，且交通不便的偏远农村，政府需要出面动员，加大医疗队伍建设，想必赵医生等人此番前往玉树农村的主要任务就在于此。

另外，去年“中国航天日”活动在西宁举行。这是青海省举办的第四个“中国航天日”活动。在那次活动会上，青海与上海航天有关部门达成长期合作意愿，拟在今后每年开展科普宣传活动，旨在传播和弘扬航天精神，普及航天知识，尤其是激发广大青少年热爱祖国，学习航天人自主创新、自强不息、艰苦奋斗、勇攀高峰的民族精神。这也是上海航天设备制造公司王工程师等人此番出行的最重要的任务！

加上这里有好多的希望小学、希望中学，想必良好的教师资源也是这里急需的。上海教师祝老师等人来这里进行教育交流，对于促进更多先进知识的学习与普及是大有好处的。

看到路上的一座座希望学校，风景突然想起了傅强，他曾说需要到玉树出差一段时间，为的是参与一个“为乡村儿童成长及乡村畜牧业发展加油的项目”。

也不知道，在这样冷的天气里，强子现在人在哪里，过得好不好？风景满怀思念地想起心上人。

长途大巴车里很安静，有的人在闭目休息，有的人饿了、渴了，正享用着自带保温杯里的热水和干粮。有的人也和风景一样，一直瞅着车窗外，不知道是在看窗外他乡的景色，还是在思念着什么人，什么事。每个人心里都清楚，今天必须要尽可能养精蓄锐，一旦到达目的地玉树，就要立刻忙碌起来了，工作不得有误，任务在肩，使命必达！

长途大巴车行驶了将近十个小时，司机是一位皮肤黝黑，身材不高的中年汉子，他开车经验老到，是玉树市城里的人。他把车开到了海拔4200米的上拉秀乡，这里在历经地震后，得到了社会上很多人的无偿帮助，迁村重建后的上拉秀乡旧貌换新颜，到处充满了生机与美好。司机把车子驶进一个空旷的大场子里，就停了下来。这时已是晚上十点钟了，司机招呼大家下车到行李舱拿取行李，然后到大场子周围一排平房里入住，洗漱休息。

大巴车里灯光炽白，照得车里明晃晃的，也显得车外视野一片漆黑，车里人陆续下了车，风景是最后一位起身的，她也走下车。这时，她听到有“汪汪”的犬叫声，声音由远及近，越来越近，这犬吠声好生熟悉。取完行李箱的风景刚走到车头这边，她一低头就看到脚旁边蹲着的风小星！她大吃一惊，喜出望外。

“小星星，是你呀！你怎么来啦？是谁带你来这里的呀！”说罢，风景轻柔地抚摸着风小星毛茸茸的头，抱起了它。

“是小鱼干带它来的，我让小鱼干坐飞机过来协助我手上的工作，我需要今晚在目的地归队，参加上海志愿者服务工作。”傅强走上前，解释了两句。在大巴车灯的映衬下，傅强黑黑的脸上透着红光，他正含情脉脉地看着风景。

“强子，你都瘦了，这边的工作一定很辛苦吧。我这次给你带了保暖衣物，等下拿给你。哦，对了，你刚才说什么？你要归队？莫非我们领队说的那位，在目的地碰头的队员，就是你呀？！”说完，风景笑了两声。她心疼眼前的傅强，又感觉自己很幸运。因为她能够有机会与心爱之人一起在外工作，而且还是参加这样有意义的活动。

“你答对了，就是我！本来想提前告诉你的，但是当小鱼干告诉我，你来青海玉树的这件事后，我就不打算对你说了，想给你一个惊喜。现在接到你们，我也很开心，我先去向领队报备归队，明天这里将会很繁忙的。我等下再去找你。”说罢，傅强向着领队的房间走去。

“好！”风景满口答应。她见傅强也到了这里，心里的相思之苦顿时消失，取而代之是满心欢喜与一身轻松。

她路过司机身边，有留意到司机的手指头划破流血了，于是，她停下脚步，关切地询问：“司机师傅，你的手怎么啦？”

“哦，我刚才开下面行李舱的门，不小心把手给划了一下，没有关系的，小事情！”司机用不太标准的普通话解释。

“哦，原来如此，师傅你等一下，我行李箱里有创可贴，你等我进屋开箱就拿给你。”风景好心肠地说。

“好，好，谢谢你啊，姑娘。等下我就在这车里，我需要检查下车况，再把车子简单清洁一下，方便明天使用。”司机连忙道谢，准备开始干活。

风景抱着风小星三步并作两步向着房间方向跑去，负责接待的工作人员带着一只犬，正在认真检查着每个房间。当他看到风景拖着行李箱站在过道上，在检查完最后一个房间，就立刻走了过来。

“您好，同志！等着急了吧？请报姓名，出示证件，我这就带您去房间休息。”戴口罩的工作人员热情地打招呼，声音洪亮。

“哦，我叫风景，这是我的证件，不急，不急！你们工作繁忙，我也看到了，多等待一下也没有关系的，我能理解。”风景的话语善良而温和。

“好的，请随我来。您的房间是 106 号，就是最前面那一间。我这就带您过去。”工作人员在核对完证件归还给风景之后，一边指着不远处那间屋子，一边主动拿起风景的行李箱，带着风景大步朝前走去。

国之爱者忠诚，家之爱者真心，各自优秀的普通劳动者在物欲横流的年代，能够主动响应国之需要，市工会之号召，走到一起。不为私心，积极参与社会志愿服务，义工或许简单，但十分可爱，因为每个志愿者都在奉献与关怀！

第十四章
深夜危机四伏　警犬警察显神威

进了房间，风景放下怀抱着的风小星。这位工作人员顺手打开灯，接着说道："壶里有开水，我帮您把行李箱放进来。"

然后，他随手关上门，递了一份盖有上海市公安局公章的介绍信给风景，并示意她看一下。

原来公安系统截获了一个国外非法组织向国内犯罪成员发送的密信。密信上说，本次的帮扶宣传活动将会是他们选定的袭击目标。

要知道玉树这里少数民族众多，这里曾经经历过巨大的地震等自然灾害，如今好不容易重建，恢复了以往的勃勃生机。如果一旦遭到破坏，将很难不伤及无辜，那将是一些非法组织都特别想看到的事。于是，他们心怀叵测，大费周章地策划了这次袭击。

为了麻痹敌人，方便将其一网打尽，眼前的这位工作人员与这只犬都是从上海公安系统直接秘密空降过来的警察与警犬。他们的任务是排查进入玉树大场子的所有人员与物品，秘密查出并报告炸弹安放的位置，其他的公安同志正悄悄地埋伏在外围，时刻准备进入，拆弹及开展秘密围捕工作。

风景自然明白这场没有硝烟的战斗是多么的重要，她积极配合眼前这位公安同志的检查。她深知生命的可贵，犯罪分子的歹毒。眼前的这只警犬在警官的示意下，开始嗅探。它走近风景和行李箱，然后果断地用淡定的表情告诉警官:“这里没有火药物品！”然后安静地站在警官身边。这警犬一副自信与矫健的身姿不免吸引了风景的目光。

这只警犬是我国原生犬种，是由我国自行培育的昆明犬，它能适应高原气候，擅长追踪和扑咬。它像是披着一身油亮的“黄黑袍”，外形威猛强悍，它的嘴很大，牙齿也很整齐，一对黄黑色的大耳朵很漂亮，只要外界环境有一丝微小的动静，它们就会警觉地竖起来，模样格外威风凛凛，飒爽英姿。它不仅外貌出众，也很有组织性与纪律性，一切行动听指挥，一点都不含糊。

“这只酷帅的警犬，模样好熟悉啊……总觉得是在哪里见过……哦，我想起来了！”风景满怀欣喜地压低了声音在警官耳边说:“这只警犬我在番茄卫视里有看到过，我是它的忠粉！我记得它的长相，它就是‘犬神’！空降兵跳伞作战，它就是那只空降兵带着的空降犬，可以用空降的方式快速到达指定作战区域的汪星人！只是当时电视上警官都是全副武装的，看不清长相，但是我知道警犬一旦走上职业道路，它的一生就只能和训导员连在一起了，看你们配合这样默契，我猜得如果没错的话，你就是它的训导员，人送外号‘大力’警官，对吧？”

风景口里所说的电视新闻是和风小星一起在家里看到的，当时的风小星也对出现在电视银屏里的这位英勇无比的警犬感到自豪与光荣。不怕牺牲地去保护人类，是风小星心里想做，却又不敢去做的事。因为它怕死，它曾千百次地自问，自己是否可以有一天像电视上的英雄那样，敢于为了国家，为了他人去甘愿奉献出自己宝贵的生命？风小星始终犹豫，它不敢想象答案会是什么，它始终无法迈过内心软弱的这道坎！现如今，自己崇拜的汪星人——“犬神”就在眼前，能和大英雄近距离接触，这样的机会还是头一次呢。风小星甭提多开心了，它发出洪亮、猛烈的叫声，表达着自己兴奋的心情。

“犬神”神情依旧淡定，一个“警”字赋予了警犬与人类一样的责任与勇气，警犬们与民警们在一起，冲锋陷阵，屡建奇功！在“犬神”的心里，忠诚地与训导员大力警官并肩战斗到底，才是它唯一的任务与使命。它瞥见体格弱小的风小星，露出了笑容，仿佛是在回应："嘿！聪明的小家伙儿，你别担心啊，我会保护你和你家女主人的！"

大力警官简单地低声说了一句："看来风景女士确实是犬神的忠粉！"说罢，他递了一个微型三防对讲机（防撞、防雨、防干扰）给风景，接着轻轻地说："你把它别在衣服里襟，把这个袖珍耳机放进耳朵里，总控机在我手里，你能听见我说话，对讲机器已开启震动模式，不要关它，你说的话公安人员也都能听到，如果有意外情况，我会用总控机发出警示，你的对讲机就会立马震动，然后你就往前跑，不要留在原地！我会告诉你具体路线，协助你们安全撤离。现在请不要出门走动，马上关闭手机等通信设备，组织上会统一派专门工作人员向家属汇报你们安全抵达服务地的消息。等威胁解除后，你们就都安全了。"

"好。"风景完全同意公安局同志的部署，她迅速地把微型对讲机别在了外套里襟上。"哦，对了，大力警官，我忘记了，我还得出去一趟，去给我们大巴车司机师傅送创可贴，他的手不小心划伤了。"风景一边从行李箱里翻找创可贴，一边把才想起来的事情告诉大力警官。

"正好，你们的大巴车我现在也要检查，你和我一起去，你速去速回！"大力警官言简意赅。

风景点头同意，她一手抱起风小星，一手拿着几张创可贴，跟着大力警官和"犬神"出了房间。

风景看着停在大场子中央的大巴车，自言自语："奇怪，刚才司机师傅还说，他要检查车况，还要简单清洁车厢，说是为了方便明天使用，刚才这车灯还都亮着呢，怎么现在全都灭了，车也熄火了呢。这么冷的天气，车子不打火，不开灯，他怎么干活呀？"

风景的一番话，引起了大力警官的警觉，他示意让风景跟在他身后，并递给她一个反光碗口深度较大、口径较小的强光专业手电筒！这个手电筒是用结实耐用的特殊金属材质打造而成的，在手电筒后端还配备了高强度不锈钢攻击头，这使它具有很好的防身效果。另外，它有着特别好的泛光效果，能照亮一大片，而不是中间一个点！大力警官一手拽着"犬神"的牵引绳，一手伸进口袋准备掏出武器防御，两人正慢慢地向大巴车走近。

话说上海这支志愿者小分队到了之后，"犬神"已经跟着训导员"大力"警官把到达的所有人员、物品都仔细检查了一遍，全都毫无异常，但是当靠近长途大巴车时，这辆看似毫不起眼的客车却让"犬神"给出了警示！按照正常程序，车辆被检查时，警犬是需要上车嗅探，然后对车辆行李舱也要进行嗅探。

只见此时风景手里的手电筒光芒都照进大巴车，黑漆漆的车厢里顿时有了光亮，空无一人！风景站在车门口的台阶上，侧着身子，拿着手电筒给走在前面的"犬神"和大力警官照亮车厢内的情形。“犬神”走在最前面，它在车厢里到处嗅探，大力警官在车厢里来回走了一遍，均没有任何发现！“犬神”此刻淡定的表情仿佛在说，车厢这里人或者火药都未有发现！

此时，风景也向车厢里挪动了几步，她手电筒的光亮透过冰冷的车窗漫射到窗外，这也让车外的情况若隐若现。

“咦，大巴车一侧的行李舱门怎么还是开着的呀？那地上的一堆又是什么呀？刚才我是最后一个离开的，那个时候没见有这些东西。”风景满心困惑地低语。

车厢里的大力警官也发现了窗外地上的异常情况，他带着“犬神”首先穿过风景身边，快速奔下车，朝大巴车开着的行李舱门小心地走去。风景紧紧跟在警官身后，两人走近了一瞧，竟然是车厢清洁工具。

“咦？司机师傅怎么会不锁车门，把清洁工具乱丢一地，就这样自己先跑开了呢？他不是这样的人啊，这也太奇怪了吧？”风景想起刚才走前与司机打过照面，他那认真的工作态度与现在看到的情况太不一致了，于是发出疑问。

“坏了，这位司机一定是出事了！”大力警官侦察破案经历丰富，车下混乱的场面令他立刻意识到大巴车司机极有可能已经遇险了！不行，我要找到他，要救他！大力警官下定决心。

警犬的种类非常多，大类可以分为战斗犬，跟非战斗犬。战斗犬包括：军犬、追踪犬、防暴犬等。非战斗犬包括：安检犬、检疫犬、缉毒犬等。

眼前的这只警犬就是一只战斗犬，它是接受过专业训练的战斗犬，它的工作也是嗅探在前，战斗在后。

警犬的嗅觉敏锐，据官方给出的数据，搜救犬的嗅觉是人类的 300 万倍！专业搜救犬可以嗅探到被深埋在地下 20 米处一滴血的味道，请注意，不是地下 20 米，是深埋在地下 20 米！这样的嗅觉与探查能力，即使在科学高度发达的今日，就算是人类手持最专业的设备也是无法企及的。

“犬神”这只战斗犬也是一只优秀搜爆犬，它能准确地对易燃易爆物品进行甄别，给予警示。

在上海志愿者服务小分队到达大场子这里之前，当地公安局已经悄悄做了清场与布控的各项准备工作，因时间紧迫，当大力警官和“犬神”坐着专机降落在这里之后，当地公安局找了一个合适的理由把他们安插到了大场子工作，对外宣称他祖籍在这里，曾在上海打过工，上海话他也能听得懂、说得来，方便服务与沟通。

当“犬神”嗅探行李舱时，它果断地对大力警官发出了有火药物品的警示！

“犬神”异样兴奋的叫声仿佛在说：“老大，这个行李舱里有火药味儿，不会错！”

风小星也听懂了“犬神”的叫声，它心想，“犬神”不愧是警犬中的精英。像这样嗅一嗅，就能发现火药，这比我还要神奇！做犬这样久，突然发现犬身上也还有着自己学不会的本领。它摇晃着尾巴，对犬神肃然起敬。

可是，行李舱空空如也，里面没有任何异常。

怎么回事？这里无任何异常，也没发现火药。再看看“犬神”，它依旧给出火药警示，大力警官心想，相信“犬神”不会错！

于是大力警官借着风景手电筒明亮的光亮，他俯下身，探头进入行李舱里，再次仔细检查。这时候，大力警官突然发现这个行李舱有块挡板有被动过的痕迹，在他无意间触碰之下，就在转头准备离去的时候，只听到“当啷”一声，有一颗螺丝钉没有拧紧，居然直接掉落了下来！大力警官迟疑了一下，他十分警觉，再次转过头，小心翼翼地用随身带的万能工具把这块挡板其余的螺丝钉都给取了下来，然后把这块挡板，用手慢慢移开，居然发现这里被改装过，里面竟然有夹层。昏死过去的司机手脚被反捆着，嘴巴上贴着大胶布，整个人被扔进这个狭长空间里，身体上还绑着一个炸药包，那是一个装有液晶显示器的金属盒子，能精确到秒！这要是一旦爆炸，威力巨大，恐怕这辆大巴车连同这周围的房屋都会被炸上天。所幸“犬神”及时嗅探到了那一丝丝的火药味儿，让大力警官找到了隐藏的炸药！大力警官迅速拍醒了昏死过去的司机。

苏醒过来的司机不知发生了什么事情，神情显得十分慌乱，他的嘴巴被胶布封住了只能勉强发出“呜呜”的哭声。

“你别怕，我是警察，是来救你的。请相信我！”大力警官压低了声音安抚，语气平稳而坚定。

司机听闻，紧张的情绪迅速缓解了许多，他连连点头，示意自己听懂了。

大力警官轻轻撕开司机嘴巴上的胶布。

司机强咽了一下口水，仿佛想要压住已提到嗓子眼儿里的，突突直跳的小心脏。刚才他的经历太可怕了，他必须要尽快缓一缓。司机尽量把自己的语速放慢，好让警察明白他的遭遇。

原来司机在车上人都走光了以后，到行李舱取清洁用的工具，突然，大巴车灯全灭了，车也熄了火，他正觉得莫名其妙，想转身去看下车时，就被身后的黑衣人一下子捂住了嘴巴，那名犯罪分子很是狡猾，他故意压低了嗓音，恐吓司机：“不许叫！我身上有炸弹，你若乱喊乱叫，我会叫你立刻陪葬，和我一起上西天！”

司机是一名老实巴交的玉树当地人，平日里的他安分守己，何时经历过这样的场面，他的两条腿此刻早就吓软了，人的脑子也不转了，只好完全屈服听命于黑衣人的摆布。黑衣人把司机的手脚都给绑了起来，又封住了他的嘴，把他扔进行李舱改造的夹层里。然后，黑衣人解开司机的外袄，把这个金属盒子炸弹系在了司机师傅身上，黑衣人装好炸弹后，继续低声恐吓司机：“这个新型迷你炸弹自带人体温度感应装置，一旦炸弹装置离开人体温度降低，或者温度出现冷热异常变化，都会让它立刻爆炸！定时遥控器就在我手里，只要你乖乖地，我能让你多活几个小时，等到明天上午新闻媒体、记者、群众都到齐了的时候，咱们的日子才算是到头了。你也甭想着跑，因为我身上还有一枚炸弹，这叫万无一失，只要敢跑，我就立刻送大家上西天，反正大家一起谁都活不了，一了百了！”他脸上的肌肉抽动着，面孔狰狞得就像是地狱的恶魔！

司机听闻，惊恐万分，瑟瑟发抖！

黑衣人为了防止他乱动碍事儿，于是，索性就把司机给打晕了。

“我不知道发生了什么事儿，警察同志，你要救救我呀！呜呜……”司机低语哽咽，心情激动而慌乱。

“好！你别怕！你会没事的，我保证！”大力警官劝慰司机。

看来局里得到的信息是非常准确的。犯罪分子的阴谋是自杀式袭击，一枚炸弹安放在司机身上，还有一枚在犯罪分子身上，必须要尽快锁定黑衣人！想到这儿，大力警官想到了一个大胆却又非常冒险的法子。

他顺着司机同方向坐下，迅速脱下外套，让自己的身体紧紧地和司机的身体挨着，然后，慢慢地把司机师傅身上的炸弹往自己身上挪。

“警官同志，你这是要……要替换下我，背炸弹……”司机感激涕零，他的话语只说到一半，就说不下去了。原来眼前这位素不相识的警察竟然是打算用以命换命的方式，替自己扛上这要命的炸弹！

“你不要怕，照我的话去做，一旦这炸弹脱离你身体，你还需要继续配合我们演一出戏：请你镇定自若地下车。走出大场子，记住，不要跑，不要大喊大叫，门卫是自己人，他不会拦你，出去以后，向右走，如果有陌生人问起，你就说天冷，房间热水不够用了，叫你出来到别家借点。公安局的人会主动接应你的，不会提问。你的情况，我们都已掌握。你能做到吗？司机同志！”大力警官语气沉着冷静，他把未来可能遇到的种种情况都做了预判，并把应对办法教给了司机。

“嗯嗯，我记住了。我用性命保证，我一定按你教的去做，我，我能做到，一定能！谢谢你警察同志，你的大恩大德，我今生今世都不会忘！可是，可是你也一定要活着呀！”说完，司机一方面感激涕零，无以为报，另一方面他为警官的生命安全也深深担忧。

“说得我好像现在就上西天取经似的，你放心。司机师傅，借你吉言，我会脱险的！”大力警官一边安慰司机，一边继续把炸弹向自己的身体挪动。

风景屏住呼吸，站在行李舱门口，看着眼前发生的一切，她和怀抱着的风小星都被大力警官的言行所感动，热泪在眼眶中打转，几乎要奔涌而出！但是风景更加明白，此刻的自己举好这手电筒，是自己能为大力警官所做的唯一有用的事。于是，她和风小星都屏住呼吸，目不转睛地看着大力警官替换炸弹。

终于，炸弹成功地从司机身上移到大力警官身上。在大力警官的示意下，司机从行李舱爬了出来，然后他深吸一口气，按照大力警官教的那样，继续往前走，慢慢地消失在夜幕中。

“犬神”见炸弹绑在了大力警官身上，它露出了焦虑的神情，它在行李舱门边上来回地走动。正在这时，某个手机震动了一下的声音，就是那么细微的动静，引起了“犬神”的注意。它“汪汪”地叫了几声，发出警告。

此时，大力警官见司机已解除炸弹威胁，第一时间用微型对讲机告知上级情况："老鼠洞已清出两枚炸弹，一枚在大巴车行李舱我的身上，暂不行动，等我通知！另一枚在老鼠身上，应该还在大场子里，请求技术支援，锁定老鼠位置！"

深夜此时此刻大场子里，大巴车内发生的一切如果用惊心动魄来形容的话，也是一点都不为过的，大场子外负责布控的公安专案组，他们的监视系统此刻也显得格外繁忙。其实，公安专案组布控的夜视监控器早已捕获了大场子里一个可疑的热源点。之所以尚未采取拘捕行动，只是因为这伙犯罪团伙异常狡猾，他们的反侦察能力很强，总是频繁地更换联系设备和进出场所，这让公安系统很难将他们在境内的窝点和人员一网打尽，现在公安专案组就是在等一个机会，一个让犯罪分子露出马脚的，可以让警察顺藤摸瓜的绝佳时机。

其实，当黑衣人把司机绑上炸弹扔进大巴行李舱隐蔽夹层之后，他就悄无声息地出了行李舱，钻进车底。

这大巴车行李舱的夹层是黑衣人的犯罪同伙事先做的手脚。当时，他们找了一个高价租车跑外地接活的借口向车队租借了最好的车型，然后悄悄地停在了团伙基地，再把行李舱改装出这么一个能塞进人的隐蔽夹层，改装完毕后，就将车立马归还了车队。然后，犯罪团伙在打探出车队要出车接送上海志愿者小分队的具体时间之后，他们就安排了黑衣人提前找机会混到车队里，趁机潜入大巴车的行李舱夹层。

这位黑衣人清楚地知道，他是有来无回的。两枚炸弹，不论是哪一枚爆炸，他能活下来的可能性都是微乎其微的，即使侥幸不被炸弹炸死，就算从警察手中侥幸逃脱，他也难逃一死！之前他千方百计地想把自己妻子和孩子弄到国外，想让他们过上奢侈的生活，没有想到，自己的妻儿反而被这群团伙所利用，最后成了要挟自己的筹码。于是，他又只好祈求他国内的团伙，请他们放过自己的妻子孩子，不要让他们困死在海外，求团伙把他们从海外再接回来。至于他所要付出的代价，那就是——舍命完成这次炸弹袭击。人，一旦走入极端的时候，是真的看不清正确方向与光明的。如此草菅人命、狼子野心的魔鬼团伙，他们的鬼话承诺，黑衣人竟然当时头脑一热全都当真了。他太幼稚了，他以为只要自己完成了这件事，他的妻子和孩子，即使将来在国内待着，即使没有他在身边，也能从此过上锦衣玉食的富贵生活。这是多么愚蠢的想法啊。

天寒地冻的深夜里，黑衣人猫在大巴车底下，刺骨冷风似乎让他的头脑清醒了一些。是啊，万一自己就这样被炸死了，可是团伙没有放过自己的妻子与孩子，也没有把他们送回国内，不给他们足够的钱吃喝可咋办？自己不就白死了吗？！于是，他思来想去还是给那一直躲在黑暗处不肯轻易示人的魔鬼团伙首领发了一条手机短信。黑衣人在短信中激动地表明：一定要在临死前和妻子、孩子通一次电话。可惜被对方拒绝了。他又只好在短信中苦苦哀求：死到临头了，自己想要再看一眼妻子、孩子回国的照片，这总可以吧？二十分钟后，对方发回一张照片，照片中他的妻子和孩子身穿短袖衫，在一家中餐馆前面站立，手里拿着装满现钞的行李箱，面无表情。

“啊，老婆孩子，没错，这餐厅是国内的老字号，很眼熟，他们应该是已经顺利回国了，有钱啦，我们有钱啦。”看到手机里的照片，黑衣人似乎是把所有渺茫的希望都寄托在这一张小小的照片上了，仿佛这就是麻痹自己继续滑向地狱深渊的最后一丝精神慰藉。

但是这张照片能说明什么呢？能代表什么呢？其实，它什么问题也说明不了呀！为什么岁暮天寒的冬天里，这照片中的两人会穿着短袖衫呢？倘若已经回来了，眼看就要见到亲人了，可为何这照片中的两人会面无表情呢？还有，这老字号的中餐厅全球都赫赫有名，难道就只有在中国开店吗？再说，这装钱的行李箱，猛一看这个手提姿势不奇怪吗？现在电脑修图专用软件使用简便，简单几下便可以把几张照片合成在一起，这么多的疑点，当黑衣人看到照片的那一刻，他全都忽视了。也许他根本就只想看到那些，那些他希望看到的东西；他想要见到的也未必是真正的事实。或许这只是一种虚幻的自我麻痹罢了。黑衣人对那个魔鬼团伙充满了不切实际的幻想，他竟然希望杀人不眨眼的魔鬼首领会同情他即将赴死的一片苦心，转而能大发慈悲地对待他的妻儿。可惜，魔鬼就是魔鬼，只会毫不留情地吞噬与剥夺所有的一切，一口残渣都不剩。

黑衣人靠着那一丝丝从照片里获得的安慰感，发了一个手机短信“搞定”作为回复，然后，删除了号码，把手机卡取出销毁。

就是在这手机短信一发一收的短暂时刻，公安专案组从蛛丝马迹中，抽丝剥茧，顺藤摸瓜，从网络大数据中，迅速锁定魔鬼团伙的犯罪窝点与犯罪头目。于是，大场子外悄无声息的收网拘捕行动已然打响。黑衣人所在的魔鬼团伙即将被一网打尽，这是此刻身陷大场子里的黑衣人自己无从想到，也无法预知的事。

当初黑衣人用手机联系团伙头目的时候，他为了防止暴露，早已把手机铃声改成了震动模式，可就是这手机微弱的震动声，也没能逃过“犬神”那敏锐的耳朵。

其实，当初躲在大巴车车底的黑衣人有留意到，有两人和一只犬从房间那边走到大巴车这里，他本想就像这样躲在大巴车底下，一直躲着不出来，想等着这两人寻不到司机，自行离开，这样就可以神不知，鬼不觉地继续展开他的明日爆炸计划，毕竟再有几个小时，天就亮了，距离炸弹爆炸也就没剩几个小时了，黑衣人并不想节外生枝，自找麻烦。他从风景四处找寻司机的话语中听出来，这个女的就是那个最后一位下车，取走行李箱的女人！当初黑衣人从行李舱挡板后面悄悄爬出来之时，他有探出头，看到过这个女人在车头前与人说话，脚边还站着一只小泰迪。也可能是深夜天太黑，黑衣人猫在车底，视野有限，确实也没太看清，走过来的这只犬到底是什么模样！他想当然地以为，现在走到大巴车的犬还是当初他看见的那只小泰迪。殊不知风小星从出房间那一刻，就被风景单手抱着，根本没机会下地走动。跟着风景一起走过来寻人的是警犬“犬神”，这是黑衣人做梦也想不到的事！他更加意想不到的是，陪同风景一起来的还有警察乔装的工作人员——大力！

黑衣人的手机那么细微的震动声，引起了“犬神”的警觉，它持续“汪汪”号叫了几声，发出警告。

啊，这不是那只小泰迪！黑衣人想到这儿，不免大惊失色。他从这只犬大声吼叫的声音估计，这分明是一只专业犬啊！一想到自己可能已经暴露，黑衣人这下子可是按捺不住了，他马上从车底滚出，连滚带爬地站起来，一眼就瞥见了站在车行李舱门口的风景，那是距离自己最近的一个“挡箭牌”。于是，黑衣人一个箭步冲过去，一手掐着风景的脖子，把她挡在自己的身前，一手掏出遥控器威胁。风景毫无防备，当她被黑衣人挟持的那一刹那，“犬神”冲着黑衣人发出“汪汪”怒吼，风景松开了抱着风小星的手，风小星在慌乱中赶紧逃回地面。

“风小星快跑！别管我！危险！”被黑衣人挟持住的风景拼命地挣扎，欲摆脱黑衣人的魔爪。她更加害怕凶狠无比的犯罪分子：黑衣人会伤及无辜，会连带着风小星的性命也不肯放过，这是她最不愿意看到的，于是，风景大声示意，让风小星赶紧逃跑。

风小星看到风景被黑衣人挟持，它是既焦虑又无可奈何。它多么想在此时能发挥出它那斗篷衣的巨大威力呀，变身战狼，打退眼前的这个穷凶极恶的犯罪分子！可是，当它学着一旁的“犬神”奔上前去，想要咬上一口时，却发现自己那弱小的身躯只能勉强够到黑衣人的小腿，厚厚的棉裤阻碍了风小星的撕咬。它努力咬着黑衣人的裤管，可还没等到完全发力，就被黑衣人用力一蹬，给甩到了一旁！黑衣人根本没将弱小的风小星放在眼里，也没拿它当回事儿。风小星身上的斗篷衣有着极其独特的分析与判断系统。风小星的记忆也还没有完全恢复，它还尚未可知，自己到底该如何主动驾驭斗篷衣的全部功能？这保护与不保护的指令都不在风小星的掌控之中。斗篷衣现在只有防御模式，它只能被动地防御外来对风小星的危害，而无法主动出击去保护除了风小星以外的其他人。现在斗篷衣就已精准分析出，在这场恶战中，没有刻意针对风小星而来的袭击，所以斗篷衣启动不了攻击的模式，风小星这下子真的只有站在一旁，干着急了。

不行，我要去找人帮忙！看到目前还困在大巴行李舱里，身绑炸弹的大力警官，看到“犬神”正在奋勇撕咬黑衣人手臂，想要让他把控制引爆的遥控器扔下，风小星突然想到了傅强，他是这个大场子里唯一它还认识的人类。想到这儿，风小星没有再迟疑，它转头向房间奔去。

话说傅强在房间与上海志愿者领队把业务上的事情汇报完毕之后，他就出了领队房间向风景的房间走去。因为他始终记得自己对风景的承诺：在向领队报备完毕后，就去找她，当他来到风景 106 号房间时，他也听到了大场子中央停靠的大巴车那边有激烈的声响。这是怎么回事？那边是发生了什么事情吗？他一边思考，一边抬头张望大巴车的方向。就在他再次低头时，他留意到正蹲在自己脚边的风小星。

“风小星，你怎么没跟风景在一起？”傅强满心困惑，他又发现此刻的风小星把小尾巴缩得紧紧的，正向自己放声哭号，这让傅强立刻明白了，这只小泰迪现在十分焦虑，“糟糕！刚才听到大巴车那边传出的动静……是风景！莫非风景出事了？！”傅强立马说中了风小星的心事。

傅强能看懂犬的行为，这让风小星感到无比欣慰！它转头狂跑，带着傅强奔向大巴车。

此时大巴车的前面，“犬神”紧紧咬住，不松口，它用力拖住黑衣人，不让他举起握有引爆遥控装置的那只手臂，黑衣人拼尽力气，一手掐着风景的脖子想让她充当自己的挡箭牌；一边死命地甩另外一只手，想挣脱犬神的撕咬，他发现自己必须即刻脱身，不然，等到惊动更多人的时候，只怕是想跑也跑不了啦。于是，他主动求和，故意压低了嘶哑的声音威胁：“可恶，快让这只犬停下来，不然，我……我现在就引爆炸弹装置，谁都跑不了，现在就一起死在这儿！”

身绑炸弹的大力警官听闻，立刻向“犬神”下达了停止攻击的指令。

“犬神”停止了撕咬，但它仍然十分警觉地瞪着黑衣人。黑衣人的一只袖子已然被完全撕裂，胳膊鲜血直流。

“你们都不要靠近，放我走！不然，这女的现在就得死在这儿！”黑衣人丧心病狂地胡乱恐吓。

面对穷凶极恶的犯罪分子黑衣人，此时的大力警官临危不乱。必须保住大场子里所有人的性命是他和“犬神”的使命，同时，他也必须要顾及被劫持的风景的个人安危！于是，他计上心来，首先示意“犬神”原地待命。

黑衣人以为他的一番话吓退了警察，于是，他马上用身体贴着风景，用风景的身躯做自己向后退的掩护，朝大场子门口挪动。出了门，他拽着风景快速逃跑，消失在漆黑的夜幕里。

大力警官毫不犹豫地向“犬神”发出追击的指令，只见“犬神”像一只离弦的箭一样射向黑衣人逃窜的方向，仿佛给漆黑迷雾迅猛地划开了一道闪电般的口子！

傅强和风小星匆忙到达大巴车行李舱门附近，没见到风景的人影，傅强显得万分紧张，他自言自语：“风景人呢？”

身绑炸弹的大力警官用微型对讲机继续向场外埋伏的公安专案组汇报情况：“老鼠出场在逃，挟持女人质一名，“犬神”追捕，请对场内立即拆弹！给我“犬神”定位！请求技术支援！我去救人！”原来“犬神”的专用项圈是用三防（防潮、防撞、防热）特殊材料制作而成的，它带有定位功能，定位犬神就能迅速找到黑衣人逃窜的路线。

风小星焦躁地狂吠，它分明在空气中嗅出了风景的气味，还有“犬神”的。我不能让风景处在危险之中，“犬神”已经去救她了，不行，我也要去！不论如何，就是拼上我的这条小命，我也要救她回来！想到这儿，风小星也不知道是从哪里来的勇气，让它萌生了第一次真正意义上的勇敢，它顺着“犬神”留下的气味，一路狂奔而去。

傅强看到风小星像是发了疯似的，头也不回地冲进茫茫黑雾中，他立刻明白了，风小星一定是嗅出了风景的气味，它在提示自己去救人！于是，傅强二话没说，赶快追着风小星的叫声，一路奔向远方。

三分钟后，拆弹组抵达，45 秒后，拆弹完毕！

邪恶或许存在于人间，但毕竟只是少数冰冷的存在，它们污染不了整个环境，因为世间有着更多的国之卫士，家之卫士，正站在一起心手相连，一起守护着这个世界的安宁。

第十五章
山崖勇救人质　协助破大案

大力警官从大巴车行李舱迅速出来，他按照公安专案组一分钟前发来的“犬神”定位以及导航图示，带上武器，快速向西北方向出发，搜救风景，抓捕犯罪分子黑衣人。

不知道黑衣人挟持着风景跑了多久，本来黑夜山路就难行，黑衣人由于一只胳膊在大场子里被“犬神”咬伤，几乎废掉，他的另外一只手臂又需要继续挟持风景的要害部位，防止她伺机逃跑，他着实需要借用风景的手拿稳手电筒，照明地面，继续前行。他像这样子挟持着风景一路逃跑，其实本就跑不快。于是，没过多久，黑衣人就被“犬神”给追上了。“犬神”扑上来对着黑衣人血淋淋的胳膊就是一大口，黑衣人表情万分痛苦，就在此时，风景伺机用手电筒的后端拼命地砸向黑衣人的头部，黑衣人“哎呀”一声，手一松，风景连忙趁机逃跑。只是没想到自己刚跑出没两步，就被身后的黑衣人给一把拉住了，她脚下有几块大石头也绊住了她的脚，一下子，风景重心没稳住，摔倒在地，一只脚崴了，无法直立。手电筒也滚下了山坡，就连塞进耳朵里的耳机，也因为身体猛地摔倒而掉了出来，现在也搞不清楚是滑落到什么地方去了。

黑衣人此刻也不知道从哪里寻到了一根棍子，他甩开了“犬神”的扑咬，当他再次逮住风景时，他已感觉筋疲力尽。其实，黑衣人自己也不知道该往哪里逃，原先的魔鬼团伙计划里只有自爆的命令，根本没有预留逃生的路线。此刻黑衣人胡乱逃窜。他只是麻木地在逃，有人追，他就跑，他跑是为了继续活命吗？好像也不是。因为无论是国内的，还是境外的，魔鬼团伙给他的这个任务就没打算让他活着回去，否则，给他身上绑炸弹干吗呢？这不就是自杀式袭击吗？不管别人活不活，反正他就是死路一条。他是想活命吗？好像也不是，他知道自己活不成，不论妻子孩子是否能活下来，他，都一定活不下来，还不如死了好，自己死前，能留个妻子孩子尚在人间的假念想也算是安慰了。这辈子带给他们的痛苦太多，还是自己死了，一了百了。现在黑衣人实在是跑不动了，也跑不了啦，因为“犬神”一直紧紧地跟着它。就这样，他连拖带拽地挟持着风景又走了一段山路，天蒙蒙亮起，他也发现前方真的没路了，他们已然走到一个山崖边。

果然，结合公安系统的高科技，大力警官在黑夜大雾中有效地避开了所有肉眼不及的障碍物，用最合理的路线，在风小星和傅强到达之前，先一步追赶上了正在逃窜的黑衣人和被挟持的风景。

"犬神"看到大力警官摆脱了炸弹，真替他高兴。于是，它主动走到大力警官身旁，与之并肩作战。

大力警官也留意到山崖这边没路了，他通过袖珍耳机已经全面了解了这里的山体地形情况。于是，他又生一计。

大力警官主动上前一步，他一边慢慢地把武器放在地上，一边笃定地说："放松啊，对面的小弟，你看，我是这样想的，不管要做什么，总该提前吃饱肚子再上路，对吧。我把武器放地上了，我就站这儿不动，我这里有几包食物，你，还有这位人质大姐，还有我，我们都先吃点！我先吃，扔几包到你们前面的地上，你们也先吃饱，缓口气，再说天也亮了，是不是食物，你也能看清楚，对吧。放松点，别着急！"说罢，大力警官一边目不转睛地瞪着黑衣人，一边掏出几包压缩食物，他自己示范性地随意开了一包，摸索着放进嘴里，又把几包扔到黑衣人脚边。

在挣扎着逃窜的这一宿，黑衣人已然被"犬神"撕咬得体无完肤，他见大力警官跟过来了，就料想到了大场子里安放的那枚金属炸弹估计是完全失败，没戏了。现在看来，管用的估计就剩自己身上系着的这枚炸弹了，想到这儿，他挟持风景一起转过身来，背对着山崖，把死死握着引爆遥控器的那只被犬神撕咬得血肉模糊的胳膊，缓缓地举了起来，威胁要引爆，不肯放下！黑衣人一边想抗拒食物，一边自己肚子又不争气地“咕噜咕噜”地叫着，饥饿与寒冷一齐逼来！黑衣人顾不得思考那么多了，他一边挟持着风景，一边示意她和自己一同慢慢蹲下，然后让风景拾起食物递到自己嘴边。风景看了一下大力警官，只见大力警官微微点头，那是同意风景照做的指令。于是，风景平静地照着黑衣人的话去做，黑衣人一看到有食物到嘴边，就立马迫不及待地把脸凑上去，狼吞虎咽地大口吃起来，警惕心明显放松不少。

大力警官一边口头鼓励对方多吃一点，一边伺机与风景说话。

“喂，我说对面的这位小弟，你吃得慢一点，别噎着！这是压缩饼干，建议你喝点水润一下，方便吞咽，我这儿还有，管够管饱！”大力警官故意大声吆喝着，尽量讲一些轻松的话题。

“可恶！我说这食物咋这么难吃呢，原来这就是子弟兵的压缩饼干，你们就吃这伙食？！”黑衣人叫嚷着，他盘算着如果垂死挣扎前，能与别人多说说话也是不错的，起码还可以为自己再拖延一会儿时间，多歇息一下。

“呵呵！看来这食物入不了你的眼啊，但它起码能饱肚子活命。生活再不易，也该活着，不是吗？喂，你干啥非走一条死路呢？”大力警官引导提问。他采用心理学技巧巧妙地攻破了对方的心理防线！

“我也不想这样啊！可是，赌博让我越陷越深，我还不起钱，就只能加入魔鬼团伙，为他们做坏事：杀人放火！只要是团伙让我做啥，我就得去做啥。不然，我远在天边的老婆孩子就都回不来了。”说罢，黑衣人表情扭曲而痛苦。

“哦，原来是这样。我说小弟你慢点吃，喝口水，你可以慢慢地说给我听。喂，还有你，这位人质大姐，刚才我都已经说过啦，你的耳朵是不是不好使呀？我前面有说，请你也多少吃一点呀！你穿得单薄，又跑了一夜路，估计‘零部件’现在都坏了，人都没感觉了，是吧？”说罢，大力警官故意指指自己的耳朵和外套。

这个看似简单平常的话语和手势并没有引起黑衣人的特别注意。他以为大力警官只是随便和人质说话。

但是，大力警官此番话语和手势，全都装进了风景的脑子里，她在快速琢磨大力警官此番言行的意思。哦，我明白了。他是在询问我，别在外套里襟上的微型三防对讲机是否安在？！我塞进耳朵里的袖珍耳机是否好使？！风景突然恍然大悟。“别在身上的微型对讲机一旦发出震动，你就往前跑，千万不要留在原地！”大力警官当初检查时，对自己所讲的那些千叮咛、万嘱咐的话，至今依稀在风景的耳畔萦绕，她从未忘记。

于是，风景赶紧找话说与大力警官听，想让他多了解自己的现状。只见，风景大声地赔礼道歉："对不起，我耳朵不好使，一只脚也崴了，零部件还行，我感觉不冷，都有知觉。我现在搞明白了，我这就吃东西。"

在充分了解到被挟持人质风景的现状后，大力警官综合评判了一下眼前的局势：不易强攻，只能智取！好在风景现在完全领会了他的话外音，大力警官也听懂了风景话里的意思，那就是，风景没了耳机，但别在衣服内襟上的微型三防对讲机尚在。这下大力警官对于接下来的营救人质计划，就显得更加心中有数了。

此时，风小星带着傅强一路嗅着气味，终于也赶到山崖这边。当风小星看到被挟持的风景时，它焦急万分地"汪汪"狂吠。

"你们别过来，他身上有炸弹，危险！"风景大声阻止欲上前的风小星和傅强。

傅强听闻更加忧心，他几次想说服黑衣人用自己换下风景做人质，但黑衣人显然对他的提议丝毫不感兴趣，这让傅强倍感懊恼，他十分担忧风景的生命安全，而自己却无能为力，无法保护！

大力警官看出傅强的心思，于是，他又故意大声喊话：

“喂，对面的小弟。说好了，我们这边继续保持不动，你和崴脚的人质大姐就放心地先吃饱吧。”

傅强听出大力警官的弦外之音，这是让他沉住气，不要意气用事，静观其变。于是，傅强缓缓走到大力警官身边，听从指挥。

此时，太阳已慢慢地透出云霞，阳光从云缝里照射下来，一声清脆的鸟叫声划破了这寂静山林的清晨，它似乎在提醒着人们：天亮了，放晴了，新的一天开始了。

黑衣人的额头在昨晚逃窜时被风景用手电筒给砸破了，额头上的几缕血迹也不知道是什么时候开始顺着脸流了下来，大概是天气寒冷的缘故，它们都凝住了，有的竟然粘在眼睑上！这让黑衣人吃东西的时候很不方便，他总感觉自己的眼睛很不舒服，视线受影响。于是，有那么一刻，黑衣人掐住风景脖子的手不自觉地松开了……

黑衣人微乎其微的动作也没能逃过警察的监控！也就是这一瞬间，大力警官通过对犯罪分子微表情的分析，从而得出了判断：解救人质的机会来了！于是，大力警官当机立断用手悄悄地摁下了一直放在自己身上的总控机。

就在风景感觉到自己身上微型三防对讲机发出震动的那一瞬间，她立马明白，这是大力警官在向自己发出指令：马上跑！于是，她毫不畏惧地忍受着剧痛，拼命挣脱了黑衣人的控制，奋力向前跑去。

大力警官瞅准时机，在此千钧一发之际，果断干脆地给了一个“出击”的指令，警匪大战开始了，“犬神”像一只离弦的箭扑向犯罪分子！风小星也毫不示弱，爱与勇气是它从人类的身上感受到的，也是它从动物们的身上感受到的，现如今的它终于学以致用了。只见风小星毫不犹豫、奋不顾身地冲向黑衣人。

眼看没跑出几步的风景就又要一头栽倒在地，说时迟，那时快，大力警官毫不迟疑地迎了上去，一把护住了风景，由于惯性，两人在地上翻滚了数下，停住了。大力警官把救起的风景交给匆忙跑来帮忙的傅强，傅强一把抱住风景，再也不撒手。

黑衣人此时已被两只犬逼退到了山崖边上，他再往后退一步就会掉下山崖，于是，他脸上露出狰狞的笑容，放肆地大吼：“来呀，一起上西天，哈哈哈！”说罢，举起遥控器欲引爆自己身上绑着的炸弹。

大力警官转头看到这一幕，赶忙冲过来欲阻止。前面一直死咬黑衣人的“犬神”正铆足了劲儿准备再次奋力扑咬，人与犬无所畏惧的勇敢行为深深触动了风小星，只见风小星也奋勇冲向黑衣人。就在大力警官赶到山崖边前，也就在黑衣人摁下遥控器引爆炸弹的那一刻，两只犬的冲力使黑衣人慌忙应付，无力招架之下的脚一滑，竟然让犯罪分子和这两条犬齐齐落下山崖！“犬神”身上的牵引绳被崖口外侧的树枝给挂住了，未死只伤。黑衣人身上的炸药迅速在高空爆炸，它把黑衣人炸成碎片，风小星从高空自由落体下坠，360度旋转在蓝天下，耳畔呼呼作响，它感觉很不舒服，努力睁开眼，感觉天空中的自己此时真像一只自由的小鸟，在尽情地飞翔。

大批警察匆匆赶到，他们与大力警官一起展开营救。大力警官在同事们的协助下，固定住了攀岩绳索，三人一组下到崖口，他们把侧躺着的“犬神”用专用绑带固定在特质板架上，在板架两头套上绳索，再通过崖口事先安装好的滑轮机，把“犬神”顺利地拉了上去。昏迷的“犬神”渐渐苏醒，经过傅强医生专业的检查，初步判断：犬神只是尾巴受到重创，身体其他各部位轻微擦伤，应该没有伤及筋骨，这让大力警官一颗悬在嗓子眼儿里的心放松了不少。当初他做营救人质计划时，就是考虑到这特殊的山体结构——崖口处有茂密的大树，计划虽然有风险，但时间紧迫，情况紧急，一时半刻也没有比这更加稳妥的方案了，所以大力警官还是果断地采用这一营救办法。“犬神”安静地侧躺在担架上。当它再次看到大力警官时，它的心是特别高兴的，那负伤疼痛的感觉也就自然减轻了许多。在“犬神”看来，能协助大力警官，一起侦破此案，别说是伤到自己的尾巴，就算是粉身碎骨，它也会在所不惜，心甘情愿。

只是这一刻，被警察解救上的“犬神”没有闻到风小星的气息。那神奇小子风小星，它去哪里了？现在的它情况怎么样啦？“犬神”的内心似乎有些挂念这位刚刚认识不久，但同样勇猛无比的小家伙！“犬神”此刻那明亮的黑眸子闪烁不定，忽明忽暗。这忧虑的小表情大力警官看在眼里，他非常了解“犬神”的心思，于是，蹲下身来，轻柔抚摸着犬神毛茸茸的头，轻声细语：“犬神，我的好哥们，犯罪分子已被炸弹炸成了碎片，你现在是在担心跟你一起坠落山崖的那只小泰迪风小星，对吧？我们的同志已在附近山下排查搜索，目前没有发现它的尸骸，这不是坏消息啊，没有死就还有得救！它和你一样勇敢无畏，它也会和你一样逢凶化吉，平安无事的！我们会继续搜索，你就放心地跟我回去，休息养伤！”

大力警官的安抚让“犬神”平复了紧张不安的情绪。“犬神”心想，对，刚才坠落那一瞬，我明明有看到风小星的身体周围有一股从未见过的气流将它变身……神奇小子，风小星，不管你是谁，你都是我这辈子见过的，最不平凡的犬！你一定会平安无事的。大力警官安抚地对，我对你有信心！

这时候，公安专案组已联系了医院方面，直接护送着受了伤的风景下山就医，傅强一路紧紧相随。

大场子那边，上海来的志愿者服务小队日常工作正在有条不紊地开展中。一切都是那么的平静与美好。

世间物种繁多，人也形形色色，但见义勇为，保家卫国是公认的美德。不分年龄、职业，也无关身份，正是有着正义之士的存在，我们才多了这么多值得书写的故事。

第十六章
失忆找回　身复原

糟糕，我怎么会在临死的时候想到当初在街口遇见的那只小鹦鹉呢？我这脑袋看来是真的给炸坏了吧。风小星心里想，刚才被炸弹炸，现在又跌落山崖，看来我这条小命是真的保不住了，应该会归西了吧。想到这些的风小星此时此刻并不慌张，也不惧怕死亡。它回想刚才明明恐惧死亡的自己竟然可以在最后的关键时刻，勇敢地为了风景去撞黑衣人，豁出性命，也要和“犬神”一起救下这些无辜的人，一想到现在这些人终于都安全了。而我自己也终于在最后时刻明白了，何为牺牲奉献。心愿足矣，够本儿啦！想到这里，风小星缓缓闭上眼睛，它想平静地迎接死亡。

也许是巨大的爆炸声，又或者是强烈的高空气流，令急速下降的风小星感到胸口难受至极，特别是头部被巨大的压力震荡，被刺激得剧痛难当。恍惚间，风小星隐隐约约地回忆起了以前不曾想起过的片段……

一个男子的声音不停地在耳畔呼唤：“快醒来！”这是谁在我耳畔不停地喊叫？

还未想清楚这是哪里来的画面，又一个片段浮现而至，两个青年男子站在一位垂死长老的面前，这位长老一边用断断续续的意念将藏于石门后面的一块神秘蓝石传递到自己的手中，一边艰难地说道：“年轻人，一定要记住，我们蓝鸟族人是不可以被打败的！”

原来多灾多难的“蓝鸟族”人，从一个星球辗转到另一个星球，只为逃命，去躲避那可怕的异形毒虫的蚕食与攻击。“蓝鸟族”人脚下的土地原本生活着天使精灵族和其他的物种。当“蓝鸟族”人颠沛流离地到达那里。所幸之事是，天使精灵族收留了“蓝鸟族”人，给了他们丰富的食物，照顾族里的老小，教他们技能，为他们安营扎寨。终于，流离失所的“蓝鸟族”人可以安身立命了。但是，所有的不幸也是从那一天开始的。伴随着“蓝鸟族”人的利欲熏心与狂妄自大，他们大肆杀戮，驱赶那些物种，其中也包括天使精灵族，令那些人死的死，逃的逃，终于整颗星球都归于“蓝鸟族”人所有。

世间万物相生相克，终有其定数。谁会想到，自认为是最为智慧的最强生命体，宇宙强大的存在——“蓝鸟族”人居然敌不过毫不起眼的渺小异形毒虫！多少年的抵抗，他们始终无法将毒虫消灭殆尽。进化链顶端的“蓝鸟族”人，生活方式早已今非昔比，脱胎换骨了。他们的结构基因可以不间断地发送自身信息波出去，而赖以为生是他们自身的强大意识，“蓝鸟族”人的意识是独一无二的，意识的能力只会随着族人年龄的增长而增强，即使族人年迈衰弱，也不会令其意识消退。他们的意识能快速精准地对信息波进行接收，瞬间就能解析三维位置，运动速度、时间信息以及行为意图。他们再不必相互接触，互相交流，或者共同协作就能理解并完成自身需求。再加上族人研发出来的高端科技，这一切都让他们沉迷自恋，忘了初心，常常感叹，“蓝鸟族”人是如此完美，如此高贵非凡与不可一世。与生俱来的超强意识让他们每个人都太容易得到一切，满足欲望变得易如反掌。有谁会去在意这小小的虫子！而他们自己，渐渐地性情大变，感情变得麻木冷漠、孤僻自私、懒散无趣。谁会料想到，有一天这小小的异形毒虫竟然成为“蓝鸟族”人的天敌！它们赖以生存的唯一口粮竟然就是族人的意识。

为了能千方百计地存活下来，无数次进化后的异形毒虫竟然也能从它们的身体里释放一种和“蓝鸟族”人很类似的幽灵波，一旦经“蓝鸟族”人的意识错误接收后，就会被反噬，被牢牢锁定跟踪，最后寄居在“蓝鸟族”人身上，就像幽灵一样慢慢将族人蚕食！无论族人逃到哪里，都无法躲避，它们总能找到，被跟踪，被寄居的族人如果死后不马上焚烧，这种病毒就会快速传染，急速变异……多少年来，“蓝鸟族”人总是被各个击破，整个种族几乎全军覆没。族人中也不乏智者，先前历代中有位智慧长老，他曾经说过，既然如此高能的个体都很容易被蚕食击破，那么假如团结所有的“蓝鸟族”人在一起，全体封存意识，不靠这种意识生活的话，是不是就有可能让异形毒虫无法追踪，从而不被消灭呢？如何把散落各地，凌乱不堪的族人团结起来呢？只是还没等到智慧长老研究出来，这伟大的团结之力究竟是什么的时候，他老人家就被毒虫锁定蚕食，灰飞烟灭了。

床边的这位长老已被感染，侥幸逃脱，时间留给“蓝鸟族”人的已然不多了。“孩子们，你们马上出发！浩瀚宇宙，每个星球都有它独特的生命体与时间周期，蓝石已探测出那遥远的，充满神秘色彩的宇宙银河系里就有生命，也有我们要找的答案！”他奄奄一息，气若游丝。

要知道宇宙中的经纬度、密度、深度、广度和长度的高低不同都会影响宇宙结构能量对于时间的推演与计算。“蓝鸟族”长老手中的蓝石大概看到在那个星球上有一方乐土，那里的人民善良勤劳、聪慧能干、坚强团结，能把自己的祖国建设得朝气蓬勃。

弥留之际的长老此刻突然回光返照，声嘶力竭地说：

“那个星球就是地球，你们要去的地方。那片土地就是中华大地，那个国家叫中国，那里的人民就是华夏儿女，因相距过于遥远，蓝石无法精准定位他们的坐标位置，你们要自己找到它。蓝石预计，当你们冒险穿过宇宙黑洞，最终到达地球的时候，不管是否降落准确，你们都要沉住气，去到那里找寻，一定要将团结之力顺利带回，拯救我们的家园！”

长老提到的蓝石是“蓝鸟族”人最新研发出来的成果，他已将其安置在飞行器中，蓝石与两名年轻男子的意识相连，将只为他们二人服务，它的超级能量会确保飞行器能顺利带他们二人往返，它有记忆功能和防御功能，把它带在身上，它能通过检测二人意识，从而精准分类，一旦遇险，它会计算出，根据二人在那个星球看到过的物种形态，进行对比匹配，择其优，重组物质表现形式，方便变身与攻击，从而脱困。为了防止被察觉，在他们二人离开时，蓝石会启动自动装置将他们在地球上的所有痕迹全部抹去，就仿佛他们二人从未去过一样，这也是“蓝鸟族”人需要遵守的宇宙法则之一：决不插手、干预或者影响其他星球上物种的文明发展进程。

正当那两名青年男子即将提问之时，记忆片段又中断了，再回想，耳畔只有长老临死前那最后一句悠长的话语：“快去地球……记得回家……”

当那部分飘忽不定，失落已久的记忆被回忆起来的时候，记忆苏醒的信号竟会如此强烈。急速的高空气流，奄奄一息的风小星，这一切的一切都让身后的“斗篷衣”迅速感测到了最高的危险评估与最高级别的防卫预警。于是，整个“斗篷衣”转瞬间化作巨型章鱼吸盘，极速大力地吞噬与摄取周围所有的气流与压力，然后迅速浓缩成为一个微型压缩包，它的外观像一个背包，背带此时紧紧扣挂在风小星的身体上。猛然间被压缩的空气到达峰值，在一瞬间里，压缩包弹上天如蘑菇般张开，形成一个巨大的降落伞，伞面利用空气阻力，稳稳拖住了正极速下降的身体。此时的风小星昏昏沉沉的，它隐约感到被炸弹炸伤的身体貌似不疼了，甚至某种清凉的气流穿入到自己身体的每一个地方。降落伞带着昏死过去的风小星，静静飘落，然后摇摇摆摆地落在地面。当降落伞自动收起变形成一个砖块大小的蓝石时，上面还系一个星星图案的发带。一个身材高大、模样俊美的男子从昏睡中醒来，风小星，他安全着陆了！

恢复人类体貌的风小星，两道浓浓的眉毛，长长密密的睫毛，一对黑眸乌黑明亮，眼睛泛着温柔的涟漪，好像眼中带笑，就是最温和的那种。高挺的鼻梁，皮肤白皙，衬托着淡红色的嘴唇，嘴唇厚薄适中，仿佛星空中最皎洁的上弦月。五官轮廓立体，脸型异常完美，给他原本就阳光帅气的面容增加了一种俊朗绝伦的非凡气质。头发乌黑茂密，此刻正被微风吹拂得轻舞飞扬，似乎有一种柔和清雅之美。嘴角那抹笑，似乎能让冬日阳光猛地扎进云朵，再猛地穿出云层，拨开阴霾，一下子就阳光明媚，温和而又舒适！身形颀长优雅，一件蓝白色的长衣，衣领扣轻启，这让风小星看起来似乎不拘小节，但眼神流露出的专注却又让人过目不忘，现在简直就是一位白马王子！

所有的记忆都找回来了，此刻风小星解下蓝石上的发带，熟练操控起这个蓝石。蓝石中央有个装置，它能自动采集光线，并把已存储的信息投射在前方的石壁上。石壁上的图像逐渐清晰可见。

一位年轻男子脸如雕刻般，俊美异常，皮肤白皙，轮廓饱满，棱角分明，一双剑眉，狭长的眼睛，鼻梁直挺，表情肃穆如寒星，让人心动！头发又黑又亮，也是一身蓝白色的长衣，身材英挺阳刚，无处不彰显着淡雅高贵的气质！此番装束与气质竟神似风小星，甚至更胜几分。

此刻的他正艰难地撑靠在操作台，脸色由白变黄再变白，额头沁出了汗珠，手不听使唤地抖着，连说话的力气也没有了。“快醒来，我的弟弟。”

原来刚才蓝鸟族人的飞行器通过宇宙黑洞之时，强大的气流、辐射都让这二人身感不适，进入地球大气层后，强烈的气流冲撞，以及不同于蓝鸟族人星球的磁场引力，温度、湿度、氧气含量、紫外线等因素，都让从未出过远门的风小星感到了前所未有的不适应，他意外地昏死过去。

眼前图像里的年轻男子强压剧痛，接着说道：“不过我知道，等下你醒来，就会没事的。因为蓝石会帮你快速适应。当你看到这段影像的时候，我已经和飞行器一起燃尽了。当长老离世时，因无人焚烧，在飞行器出发，蓝石启动前的最后一刻，寄生在长老身上的异形毒虫已精准锁定，找上了我，待我发觉，为时已晚。飞行任务不能有失，因为所剩无几的蓝鸟族人已再无可派之人了。团结之力的答案我们必须要找到！我唯一能做的就是在抵达后的第一时间，取下蓝石系于你身，然后快速炸毁我们的飞行器。只有这样，才能确保我身上的毒虫不会在蓝石停止运转，飞行器着陆之时，突然侵袭到你的身上。等你找到答案，需立即返回。记住，你只有发动全部意识才能成功启动蓝石，驱动它全部的聚合能量，令其瞬间达到峰值，而那时你的物质形态也将逐渐模糊，进而消失。蓝石会带着你游荡的意识回到故土家乡。你将在那里得到休养生息，逐渐复原。只是来回穿越黑洞，超强的辐射会让你的记忆永远受损，无法恢复。蓝石返回后，也将如破铜烂铁一块，能读取的信息顶多一条而已，其他的性能将会完全丧失，坍缩严重，碎裂瓦解，而这也是由于高温气体辐射造成的，无法避免，也无法修复。快醒来，我的弟弟，你必须醒来！”话音刚落，图像中接着传来一声轰隆的巨响声，影像中断。

刹那间，看完影像的风小星已打定主意，必须尽快回到家乡的星球，完成任务。他转身回望这片认识不久，却深深爱上的土地，青山绿水，鸟语花香，万物静美。脑海中跳出的模样：小鹦鹉、犬老爷、风景、傅强、九宝、报社退休编辑方阿叔、导盲犬学校的卫老师、李阿婆、胖司机师傅、刘泽、大力警官和犬神等。就要离开这里了，在分别的这一刻，风小星突然觉得怅然若失，是有太多的不舍得啊。他不舍得离开风景，不舍得离开九宝，不舍得那群可爱的大人和孩子！想到这里，风小星迎风大哭起来。不舍离开的泪水止不住地往下流。在这一年里，经过历练的风小星终于找到团结之力的答案了，那就是爱与信赖。是啊，同样是历经重重困难，百般艰辛，但是地球——这个星球上的这个国家：中国与她的人民可以做到如此团结一致，众志成城，攻坚克难，战胜一切！靠的就是爱与信赖。这种信念让这里的国家爱护人民；这里的人民心连心，关爱他人，互助有爱；人民爱戴国家，信任国家；国家信赖人民，把最高权力赋予人民，相信她的人民可以克服困难，万众一心！这种大爱与信赖，真的是只有在这片热土亲身经历，目睹过的人们才会知道的。而这种爱与信赖恰恰是自己的家乡，那个星球最最缺乏的。只要我们族人学会爱与信赖，就一定可以结起团结之力，消灭异形毒虫。想到这里，风小星停止了哭泣，只见他一手举起蓝石，一手紧握发带，抬起头，远眺冬日黄昏远处的景色，此刻高低起伏有致的莽莽山峦，烘托出一轮红日，还有那抹光影滚烫而热烈！顷刻间，风小星视线模糊了，身体在 360 度快速旋转，他在凝神集中所有的意识启动蓝石。

　　也许世间，大概只有亲人，才会记得有关你的一切。亲人会把自己以为最好的保留给你。有家在，或许自己就可以不用长大。但是我们必须长大，只有长大才能更好地守护我们的家园！

第十七章
离别珍重　再难见

就在风小星即将被蓝石带离此地时，他望见山下的医院，对气味甚是敏感的风小星马上意识到风景就在那里！他内心深处波涛汹涌，但此刻的他能去见风景吗？该说些什么呢？又从哪里说起呢？她会阻止自己赶回星球吗？风小星有些迟疑不定，但当他想起风景曾在社区宠物医院里，与傅强医生交谈时，说过的一句话："若换成是我遇到离别，应该也是害怕还没来得及好好告别，就再也看不到对方了吧，那种绝望的思念应该是一种难以想象的折磨，长久地让人无法摆脱！"风小星再也顾不得其他的考虑了，他决定在离别前，去与风景见上一面！

此时，医院里，病人并不多，医生正在办公室里值班，护士刚刚查房结束，返回护士台。绿色的墙裙与白色的地面，整个医院都显得肃穆而安静。

此刻从一间病房里传出说话声，傅强坐在床边，安抚试图起身的风景：“景儿，我刚才已经帮‘犬神’做过简单处理了，它被大树托住，所受皮外伤，并无大碍！大力警官已经接走它，去警犬医务室治疗了。至于风小星，我刚才也问过搜救队，他们在爆炸点附近是有发现烧焦的爆炸犯残体，但是并没有发现风小星的尸体。刚才的新闻也有播出，你也有看到，这附近的山民有人看到，一个仿佛火流星的物体朝下坠落，但是他们跟过去时，并未发现任何残骸！此时没有消息，便是最好的消息啊，不是吗？我猜测风小星会像‘犬神’那样，有惊无险，化险为夷的！你脚崴了，不宜行动，我这就再去打听打听。你好好躺下休息！”

是的，傅强嘴上说的那条新闻，风景也在医院的电视里亲眼看到了。综合媒体报道说，青海玉树 12 月 23 日出现神秘异象，一颗“巨大火球”伴随着爆炸巨响划破天际，刺眼光芒瞬间燃亮，随后消失在地平线，仅留下几缕夹带橘红色火光的白烟。不少当地民众目击到这神奇的一幕，这是多高的温度和与地面多近的距离，才能看得如此真切呀？这是有外星人光临地球了吗？不过目前暂时尚未发现坠落物的踪迹。相关单位仍在针对这一情况进行调查。

但是，风景此刻还是满脸焦急，她语气急促地说：“风小星不见了，不知它有没有受伤，也不知道它会不会已经死了……我怎么可能坐得住呢？不行，我要去找它！”

“不行！你还真是不让人省心呢，你这样乱跑，万一找到小星星，回来它又见不到你，该多着急啊！这里是医院，你是病人，必须听医生的！你这人还不如九宝听话呢！我现在就再去问问。等下就回来同你讲！你先好好躺下，闭上眼睛，安静地睡一会儿。”傅强摁住风景，扶她躺下，说完后，就立马起身出发。

躺在病床上的风景，此刻心里始终牵挂着风小星，她很担心风小星的下落会石沉大海，明日等出了这座山以后，就再难有风小星的消息了。于是，她还是从床上坐起来，“不行，小星星到底现在在哪里呀？我还是放心不下，我得自己去找！”说完，她把靠在床头柜的一副医用拐杖拿了过来，挣扎着站起来，一瘸一拐地向房门口挪步。

风景的病房在走廊的尽头，房门口右手边靠窗，右前方有扇门关着，打开就是楼梯通道，房门口左边都是一间间的病房，远远地能看见护士台和电梯指示牌。此时的走廊空无一人，一片安静。风景出了房间，向左转沿着墙边向前走，她想去搭乘电梯下楼。拄着拐本来就走得不快，还没走上几步，就听见右后方楼梯通道的门被打开了，但是也没见有人从那个通道里走出来，风景停下脚步，像是有感应似的，又仿佛是猜到了什么似的，她转身一瘸一拐地向着那个通道挪动身体。门开了一小半，当风景打开那扇门，一抬眼，竟然愣住了，面前是一位俊朗绝伦的阳光帅哥！他的眼眸冷峻却不失温柔，温柔的面庞有种无限的亲和力。他正目不转睛地看着风景。只见他缓缓抬起手臂，张开手掌，递了过来。那是什么东西？风景留意到俊男手里握有物件，但没看得太清楚，有些模糊，又觉得是在哪里见过。走近了，仔细定睛一看，那，竟是一个星星图案，专属于风小星的发带啊！

为什么这发带会出现在这位出尘脱俗的大帅哥手里呢？风小星在哪里？还活着，对吗？这个男子又是谁？他是如何找到我的？这个男子会告诉我真相吗？一大堆的问题闪过风景的脑海。此时的她在接过发带后，竟然语塞，不知道该先问哪个问题才好。看着手里的发带，往日与风小星相处的种种场景浮现脑海，风景还记得有一次，她醉酒时，无意间曾开玩笑说："风小星，你这么聪明，该不会也是人类？是从别的星球上来的吧？也许有天你会回去吧？"没想到，风小星屁颠屁颠地跑出犬舍一通翻找，终于在纸盒的各种玩具中找出一张A4纸，并用嘴叼着，跑了过来，风景接过来，摇头晃脑，晕晕乎乎地大声地读出："是！"那是A4纸上的字，是风景当初提问让风小星做快速选答时用的字！只是当时的风景喝醉了，她想都没想，等她念出"是"字后，就转头又倒在沙发上呼呼大睡，怎么叫都叫不醒了。第二天喝断片的风景，曾听傅强提起过，但当时只觉着，喝米酒都能醉倒的自己实在太丢人了，就把傅强的话给岔开了，并没有多去深想风小星作答的这件事儿。可是，现在风景冷静回想，从一开始到现在遇到的种种，风小星的表现都太不寻常了，或许正如他做出的选答那样，他早就用行动告诉过自己他的来历：他是人类，是从其他星球上来的，而他马上就要走了，回他的星球了！想到这些，风景的思路终于百转千回，峰回路转，豁然开朗！真相就在眼前，一切都能解释得通了！为什么风小星可以一夜间由“沙皮犬”变成“小泰迪”？为什么他能听懂人类的语言，喜欢吃人类的美食，会认识人类的文字？为什么有人目睹一个火流星似的物体明明坠落了下去，但跟过去时，却没有发现任何残骸……因为风小星并没有死，他是外星人，就活在眼前！

“我们曾经是非常熟悉的，对吧？风小星！谢谢你能来看我，保重，小星星，一路平安！”风景一口气把内心深处想要表达的话语全都一股脑儿地倒了出来，已经没有时间了，再不说出来，也许就再也没有机会说了。

在风景看来，不论风小星即将要回何方，两人相遇相伴的过往都是那么的幸福。即将奔涌而出的泪水将风景的眼眶深深淹没，它漫过了风景心里深处的每一个角落，它是多么想向着风小星流淌而去啊，多么想说这一刻只是一个梦境，但是凝望眼前男子如此真实，风景知道现在这般的风小星生来就是属于天际，不是这里。若真为他好，自己就应该松开牵绊的绳索，让他远去。因为与害怕失去相比，更加让人失望的应该是被人永远羁绊在原地。风景深谙此道，她真心希望，风小星能拥有爱与美好，做回自己，去他想去的任何地方。此刻风景已经读懂风小星此番前来的心意，尽管他一字未说。

男子并不语，他微微点着头，脸上正洋溢着令人目眩的笑容。嘴角弯起来的弧度恰到好处！“谢谢你，风景。离别之际的相逢，你还是一眼就认出了我！珍重，我的挚友！”风小星心想。

是啊，一切即将随风而逝，往日里风景关怀的笑容，亲切的话语，多像自己梦里的天使姐姐呀，是你给了我爱的力量！爱就在我所来的地方，这里一直有着熟悉的芬芳，温暖且充满希望！我知道你会一直在，寻我不见不离去，但是我更加想让你明了，我无以为报你的恩情，现在请换我做一回天使，不羡浅喜似苍狗，但愿深爱如长风。纵然命止于此，不复在，我愿心永恒，化作天使守护你，一生一世！

时光凝聚在这小小的空间里，两人相对无言，久久凝望彼此，似乎此刻言语已经多余，两人关切温暖的眼神已足够。人生不相见，动如参与商，也许能在有限的时间里多看彼此几眼，才是离别之时最渴望与拥有的吧。今生足矣，无憾！若有遗憾，那便是未能亲口说上一句:“谢谢你，风景！”

病房走廊传来急促的脚步声。“风景？风景？你在哪儿？”匆忙赶回的傅强见病房无人，就转头奔出来寻找风景，听到有说话声，他大步流星地朝楼梯通道这边走来。

“哦，我在这里。强子！”风景转头过去，连忙回应了一声。

“你在和谁讲话？”傅强赶到，四下张望，困惑地问。

“是……啊？”风景转头回来，发现楼梯通道此刻空无一人！

“好了，我现在问你也是白问！别杵这儿看了！外面天都黑了，这里没人，我们回病房吧。你确定是伤的脚不是脑子吗？这样瘸腿下楼想找风小星的话，也该坐电梯比较快啊？！”傅强十分心疼风景的身体，小心搀扶她返回病房，但依旧口齿伶俐。

“别了，嘴硬心软的傅强，有你陪在风景身边，我就放心了！她会很快好起来的，祝福你们永远幸福！”风小星被蓝石及时带出。他的物质形态已然消失，强大的蓝石急速运转带着风小星游荡的意识瞬间升起，带走了凡尘中有关风小星的种种过往，如天边的流星一般，抹去了每一片时光里的记忆，带着照亮黑暗的光芒划过天际，留给宁静的长空一个纯洁美丽的梦。

护士夜间查房时，来到风景的病房，她把刚接好的热水放在了桌子上。看到风景正倚靠拐杖，站在窗边看星空，于是开始和风景友善地打招呼：“风小姐，少走动，多休息，这样恢复得会快些啊。”

风景缓缓转过身，向护士微笑着点头说：“嗯嗯，记住了。我的耳朵听得都起茧了。还真是医疗队伍出来的，你和强子的说话风格都是一样的！不信，等强子工作电话打完回来，你亲自问问他。”

“你男朋友对你这样上心照顾，我们都很羡慕呢。听说他是一名兽医，该不会是把你当宠物一样宠爱吧，看着都好幸福呢！风小姐。”说完，护士拿起一个电子体温计放在风景的耳朵边上点了一下，只听见“哔”的一声，一个数值跳跃在电子体温计显示屏上。护士看了一眼显示的温度值，把它认真地登记在表格上，并备注正常，再把登记表放回床前固定位置，方便明早医生查房用，然后抬眼留意到窗户的窗帘没有合拢，于是，护士走了过去，也向窗外看了一眼说道：“今晚的星光美极了，刚听其他护士姐妹说，今晚天空中有一颗星星格外明亮，光彩夺目，以前从未见过。说不定，那上面也有人正在看着我们呢。风小姐，你看到了吗？”

“那颗星星，我看到了！”说完，风景目光又回到窗外静谧的夜空。她接着打趣：“看来很会关心人的护士小姐平时没少关注天上的月亮啊，星星啊什么的。平时没少许愿吧？！白马王子啊，请赶快降临，来我身边吧。”风景故意双手合十，模仿少女向天空求姻缘时的俏模样。

“你坏，风小姐，取笑人家！”护士像是被戳中心事一样红着脸，低声呢喃。

“跟你开玩笑的，别害羞哈。对了，我估计你平时爱追科幻题材的剧吧，改天推荐一本天文学方面的书籍给你，内容很不错。”风景解释道，她想起手边正有这样一本好书。

“那太好了，我最爱看天文方面的书啦！风小姐，那我先谢谢你啦。”护士听闻，很开心。她在轻轻拉上窗帘后，一边和风景聊天，一边把她搀回床边。

爱与信赖使天蓝；爱与信赖使太阳温暖，月亮放光；爱与信赖让绿树长青，鸟语花香。因为爱与信赖，人世间才一直充满着希望。浩瀚宇宙，爱与信赖同行，最美如同繁星！

第十八章
全家福照，笑开颜
星星之心，话新年

“哎呀，景儿，你怎么又趴书桌上睡着了？！新年第二天就这样，你这是要把去年忙碌一年错过的睡眠，统统补睡回来，是吗？真不知道该说你什么好呢！”母亲一边唤醒熟睡中的风景，一边抱怨。

“哦，老妈，对不起啊！我居然睡着了。”风景应了一句。只见她挪动了一下趴在桌上的身体，抬起头，微微扭动了一下有些僵直的颈脖，伸了伸压得有些酸疼的手臂，她用手指轻轻揉揉惺忪的眼睛。回想着刚才出现在脑海里那些个片段，似有似无地不断浮现……只是梦吗？常常梦里出现，醒来却甚是模糊不清，风景对此难以名状。

此时，站在屋内一角的鹦鹉看到了这母女两人的身影，又听到小主人风景在说话，于是，惟妙惟肖地模仿了一句：“对不起！对不起！”

“听到了。养了一年，话竟这样多。小星星，见你这只虎皮小鹦鹉羽毛白蓝灰相间，仿佛天空色，眼睛黑亮，似点点繁星。于是，景儿给你起名小星星。要我说，该给你取名‘小话痨’！看来刚刚过完的这一年，不仅是景儿和傅强一同经历了许多事儿，就连和小星星也充满了很多的故事啊。它呀，就知道偏向你说话呢！”母亲嘴上抱怨小鹦鹉，心里却对这只萌宠甚是喜爱。

只见她往鸟笼食盒里又添一些谷子，然后回过头去对风景关切地说：“若是累了，就回房躺下休息。我去买菜，你就不用出门了！”

见母亲这样关心自己，这让刚才贪睡的风景感到有些不好意思了。于是，她倔强地扭头说：“不，老妈，还是我陪您一起去嘛！事先都已经说好了呢，我已经醒了，真醒了！”此时的风景故意把说话的尾音拖得老长。她似乎想要立刻证明自己的决心。

“不用啦！我去去就回。就买些小青菜，你和小鹦鹉都爱吃！其他的食材家里也都有，不用多买。我出门了！”母亲说话时，已换好旅游鞋，挎着小包，打开门，大步走了出去。

风景只好迎上去，在她把门关上前，她对母亲提议说：“遵命，母亲大人！那我先备上一壶上好的白玉兰花茶，等下你和傅强都从外面回来后，大家一起享用！”

母亲默许这个主意不错，在她出门后，风景就去煮茶了。

风景发现，原来白玉兰花不仅味道清香好闻，制成花茶后，则更是一款极好的养生茶饮，平时常饮白玉兰花茶，也有改善血管功能之效。白玉兰花茶可以适当增加血管弹性，也可以帮助清除掉血管中的多余垃圾，如多余的胆固醇以及甘油三酯，如此起到明显的抑制高血压的作用，还有抑制高血脂等疾病的功效与作用；此外，它对于治疗头痛、鼻塞也有效果，适当饮用，既可以强身健体，也可以起到很好的预防效果。

茶香四溢，屋内香气扑鼻，风景回到房间，她想，还是母亲在家好呀，自从母亲从广州姨妈家回来后，她就经常能吃上可口的饭菜，好喝的养生热汤，“家有一老如有一宝”，这话果真灵验呀！接着，她朝小鹦鹉的鸟笼悠悠走去，在鸟笼前面缓缓地蹲下来，打开鸟笼，把右手食指伸进鸟笼……这个动作平日里风景与小鹦鹉做过很多次。这次也不例外，站在横杆上的小鹦鹉马上意会。只见它抬起小脸，伸长脖颈，让风景轻触碰摸它的小脑袋。

此时的风景轻言细语：“谢谢你啊，小星星！”

小鹦鹉像是听懂了似的，站在横杆上，来回走动，上下点头，嘴里不停地欢快叫着:“谢谢，谢谢！景，你好呀，你好呀！”

小鹦鹉欢喜雀跃的俏模样让风景振奋了精神，她起身回到书桌旁，重新坐下，从抽屉里拿出一个星星图案的发带，随后一只手把垂向脑后的长发高高抓起捏住，另外一只手握着发尾围着发心盘绕起来，然后腾出一只手拿起发带随意绑扎，固定好已盘好的发型。蓬松的刘海儿垂挂在前额，如阳春三月的杨柳一般。最后，顺手拿起搁在一旁半开合的书，聚精会神地看着。阳光透过侧面明净的窗户，挤了进来，让这个新年的第二天充满了温暖，顺着洋洋洒洒的光线望去，书名赫然醒目——《火星生命 前往须知》。旁边笔记本电脑未及时合上，电脑视频中播放着新年贺词:“我们还要继续奋斗，勇往直前，创造更加灿烂的辉煌，每个人都了不起！”桌上的照片清晰可见，那是一张全家福，照片中母亲、风景和傅强笑容灿烂，风景手里呵护着一只小小的鹦鹉。照片旁几个大字熠熠生辉：小星星的全家福！

尾声 寄语

从古至今，人类追寻万古宇宙深处的奥秘从未止步过。现在我们能够知道的也许不多，例如宇宙的直径可达到930亿光年，甚至更大；而银河系的直径约为10万光年。相较而言，宇宙比银河系大得多，而银河系就如同宇宙的一粒沙子，非常渺小。如果说有什么东西赋予了这个宇宙最为广袤的深意，那么答案一定是那最为复杂神秘的生命！如果要说又是什么东西赋予了这个生命最为宝贵的意义，那么答案一定是爱与信赖。

生命的起源也许并不复杂，但是能演化出文明就一定不简单。存在着的生命并不恒定，但文明中的爱与信赖却可以恒久不变，源远流长。这才让原本冰冷沉寂的宇宙，变得多姿多彩起来。

有些天文学家甚至还提出过一些推测，认为宇宙中可能有外星人的存在。是啊，要说在地球之外可能有适合生命存在的星球，那可真是太多了。单单银河系就可能有多达4000亿颗恒星，假设只有一半的恒星有行星，这些行星中又只有一半适合生命存在的话，那么银河系仍然有数以亿万计的地方可能存有生命体。虽然目前外太空有生命的星球尚未被发现，但持续深度探索的人类从未驻足。探索是为了更加深刻地了解自我，以及了解这个大千世界。

或许，某种维持宇宙基本运行的法则会令宇宙中的任何信息都不会消失，这就好比物质守恒定律，不管是何物，它的量，不论发生什么事，都不会变。又好比薛定谔的猫，这个实验推动了量子物理学的发展，它巧妙地把微观物质在观测后是粒子还是波的存在形式和宏观的猫，联系起来，以此求证观测介入时量子的存在形式，甚至衍生出平行宇宙等物理问题和哲学争议。那么，会不会有某种生命的物质表现形式与精神意识也是可以相互转化的呢？也许当被我们认为消失之时，它只不过是转换为另一种形式继续存在了呢？

科学的问题还是留给科学家们去答疑解惑吧。一个如你我一般的普通人所需要做的就是——心之所向，素履以往；生如逆旅，一苇以航；生命似水，爱与信赖如两旁河岸，它们疏导着流水的方向、形状与速度。伴随着爱与信赖，先天的、本然的活力就会越来越团结，越来越有生命力。也许有那么一天，当我们睁开眼睛，夜渐深，满天星光灿烂，我们可以微笑，友好地向着星空打一声招呼：“你好，朋友，时光清浅处，一步一安然。我们终于相见了！”

（完）

后记
HOUJI

首先我需要在此特别感谢一直鼓励我坚持写作的上海市振兴中华读书指导委员会，上海市工人文化宫徐赜老师、石蔚老师、陈鸿老师、黄远老师，上海微型小说学会崔立老师，华东地区空中交通管理局詹东新老师，青年文学家杂志社理事会（上海徐汇分会）黄深厚老师和丁卫华老师，悬疑科幻推理小说家徐俊敏老师，著名音乐人及作曲家、中国音乐家协会李丹平老师，上海市长宁区总工会王亚文老师，上海《新闻晨报》严峻嵘（笔名严山山）老师，长宁文化宫王佳蓓老师和姜珂珂老师，上海市数字内容产业促进中心季立新老师，以及出书时给予我耐心指导的雷顺老师和王思宇老师。

我同时也要特别感谢我们单位工会、楼宇工会、上海市长宁纺织行业工会、区团委及上海市长宁区虹桥街道工

◇◇◇

会对我个人的培养与锻炼。真心感谢我身边的良师益友们，以及我的家人们，由衷地感谢所有关心、支持我的人！

创作是我兴趣及特长之所在，同时，写小说也是我缅怀我父亲的一种方式。他在2018年07月06日星期五去世了，但是时间并没有冲淡我对老人家的无限思念，相反地，流淌的时间在心中慢慢沉淀，令我对老父亲生前美好的记忆更加清晰。我写书，想有机会把我创作的故事拍成电影，想有一天可以做爱心活动，为更好地提高社区老年人的生活品质出一份力。梦想如此丰富的我总感觉时间不太够用，但我坚信，和大多数人一样，勤奋工作，努力尽绵薄之力回馈社会，这条道路是坚定而正确的。

◇◇◇

人这一生总会碰上很多意想不到的经历，总会面临着很多次艰难的选择，逃避从来都不是办法，迎难而上才是真谛！当不好的情绪来袭，不要过分沉浸其中，要积极摆脱负面或者消极思想的干扰。遇事不要那么计较个人利益得失，遇到坎坷，百折不挠，不颓废，努力振作，到头来既可以为自己解围，也可以宽慰他人之心。这种非常“接地气儿”、正能量满怀的胸襟，不仅仅是一种非常实用且必不可少的生活态度，更加是一种难得的人生智慧。如果要说是什么东西赋予了生命最为宝贵的意义，那么就像本书里描述的那样，答案一定是爱与信赖！

感恩，感谢，我永远热爱着的祖国！